행복한 인연을 만드는 힘은
나를 내려놓고
남을 내 안으로 감싸는 일입니다.

책을 선물하는 당신이
세상에서 가장 아름답습니다.

님께

드림

모르는 마음

2015년 10월 20일 초판 1쇄 발행 | 2015년 10월 21일 2쇄 발행
지은이 · 선묵혜자
그림 · 오순환

펴낸이 · 이성만
책임편집 · 정법안
디자인 · 김애숙

마케팅 · 권금숙, 김석원, 김명래, 최의범, 조히라, 강신우
경영지원 · 김상현, 이윤하, 김현우
펴낸곳 · (주) 쌤앤파커스 | 출판신고 · 2006년 9월 25일 제406-2012-000063호
주소 · 경기도 파주시 회동길 174 파주출판도시
전화 · 031-960-4800 | 팩스 · 031-960-4806 | 이메일 · info@smpk.kr

ISBN 978-89-6570-286-3(03810)

• 이 책의 국립중앙도서관 출판시도서목록은 서지정보유통지원시스템 홈페이지(http ://seoji.nl.go.kr)와 국가자료공동목록시스템(http ://www.nl.go.kr/kolisnet)에서 이용하실 수 있습니다.
(CIP제어번호 : CIP2015027661)
• 잘못된 책은 구입하신 서점에서 바꿔드립니다. • 책값은 뒤표지에 있습니다.

선묵혜자 스님과 함께 떠나는 마음산책

모르는 마음

선묵혜자 지음
오순환 그림

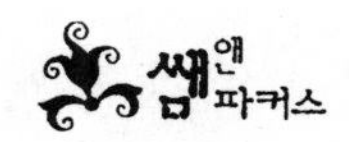

하루에 한 번이라도
나를 내려놓고
마음을 비우는 연습을 하세요.
가랑비에 옷 젖듯이
사랑과 행복, 자비가
내 마음 속에 가득
넘쳐나는 걸 알게 됩니다.

바다. Acrylic on canvas, 72×100, 2008

차례

3장 생각보다 세상은 아름답다 _87

4장 모르는 마음 _123

5장 컵은 깨어지고 결국에는 사라진다 _157

6장 부자가 되는 마음 _199

7장 존재를 찾아 떠나는 여행 _231

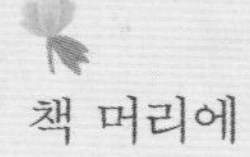

책 머리에

이른 아침, 산사를 걷습니다. 수락산 어디선가 새소리와 바람소리가 귓가에 울립니다. 고요소리입니다. 무심하게 한 장 낙엽이 발밑에 떨어집니다. 다시 정갈하게 마음을 다듬고 깊은 생각에 젖어듭니다.

인연은 또 다른 인연을 만듭니다. 산문에 들어온 지난 오십 년의 세월이 바람처럼 스쳐 지나갑니다. 좋은 인연도 나쁜 인연도 모두 내 탓임을 압니다.

출가자의 길은 과거와 현재, 미래가 한결같습니다. 기도가 생활이요, 조용함이 덕이요, 참음이 공덕입니다. 평생 이 마음을 수행의 본분사로 삼아왔습니다.

책 속의 남루한 글들은 그동안 수행인으로 살아온 제 마음의 근간들입니다. 때론 고단한 삶에 지쳐 절간으로 피난 오신 분들과의 기억이기도 합니다.

아쉽게도 가지려고 할수록 달아나는 게 세상일입니다. 버리고, 놓고, 다시 비우다 보면, 마음그릇에 현철한 지혜와 깨달음이 찾아들 것입니다.

이 책이 오늘도 '모르는 마음'으로 세상길을 떠난 이들에게 작은 위안이 되기를 바랍니다.

2015년 가을 수락산에서

선묵혜자

그대가 누군가에게 길을 묻는다면

먼저 자신에게 물어 보세요.

자신이 가야 할 길을 가장 잘 알려줄 사람은

어느 누구도 아닌 바로 그대 자신입니다.

1

누군가에게 길을 묻는다면

풍경. Acrylic on canvas, 100×72, 2001.

그대의 진면목은

그대가 살고 있는
이 세상이 그지없이
아름다운 것은,

꽃과 나무가
피고 질 때를
스스로 알고 있고

산은 높고
산은 낮아

수 갈래로 흐르는 강은
오직 자신이 가야 할 길을
먼저 알고 있어
바다로 모일 때는

오직 한 맛
짠 맛이기 때문입니다.

이것이 바로
자연의 본래면목입니다.

그대의 진면목은
무엇입니까?

지금의 나는 누구인가

지금의 나는 누구인가요. 가만히 눈을 감고 되돌아가 보세요. 그 먼 옛날 나는 어디에서 왔으며, 그렇게 흘러와 여기 선 지금의 나는 누구인가요. 생각해보세요. 쓰리고 아팠던 기억, 즐겁고 행복했던 순간들을 더듬어 보세요. 그때의 나는 어디 있나요? 지금도 그때만큼 아픈가요? 지금도 그때만큼 즐겁나요? 그때의 내가 지금의 나인가요? 정녕 나는 누구인가요.

혹시 죽고 싶을 만큼 괴로운 일이 있나요? 그러면 예전에 제일 힘들었던 시간을 떠올려보세요. 사랑하는 이를 떠나보냈던 일, 시험에서 떨어진 일, 누군가의 배신으로 좌절했던 일들…. 지금도 그때만큼 똑같이 괴로운가요?

아니지요. 그러니 먼 훗날의 나도 그럴 겁니다. 다 지나갑니다.

보이나요. 어린 시절의 꿈이 보이나요? 지금의 나는 그 시절에 꿈꾸던 것을 이루었나요. 아니면 이루지 못했나요. 누구든 그 시절의 꿈을 이루지 못했다고 대답할 것이며 지난 세월을 후회할지도 모릅니다. 그리고 행복했던 기억보다 불행했던 기억이 더 많았다고 얘기할지도 모릅니다. 하지만 그렇지 않습니다. 당신은 모든 것을 다 이루어 냈습니다. 당신은 충분히 행복합니다. 왜냐하면 지금 당신 곁에는 사랑하는 사람들이 있기 때문입니다.

사람의 뇌는 좋은 기억보다 나쁜 기억을 더 많이 각인한다고 합니다. 그러니 우리는 우리가 기억하고 있는 것보다 살아오는 동안 더 행복한 날들이 많았는지도 모릅니다. 만약 그렇지 않았다면 지금 당신 곁엔 아무도 없을 테니까요. 스스로 행복하지 않은 사람, 행복을 주지 못하는 사람 곁에는 아무도 머무르지 않습니다. 자신 곁에 누군가가 있다는 것만으로도 당신은 행복한 사람입니다.

기적이란 따로 없습니다. 당신이 존재하고 있는 그것이 바로 기적입니다. 경전에 보면 '배고프면 밥 먹고, 졸리면 자라'는 말씀이 있습니다. 행복은 그런 편안함 가운데에서 찾아오는 겁니다. 아이들이 성장하고, 가족이 있고, 나를 기억해주는 사람이 있다는 그 자체만으로도 당신은 행복한 사람입니다. 행복은 멀리 있는 게 결코 아닙니다.

세상에서 가장 중요한 일

그대는 유독,
작고 사소한 일에도
터무니없이 마음의 상처를
받지 않나요.

친구나 사랑하는 사람이나
주위 사람들이
무심코 던지는 한마디 말에
온종일 고민하고 있지 않나요.

그럴 필요 없습니다.
버릴 건 과감히 버리세요.
버리지 못하면
마음속에 앙금이 독버섯처럼 자라나
결국에는 깊은 상처가 됩니다.

누가 무슨 말을 하더라도
착한 마음을 가진다면
언젠가는 내 곁을 떠났던 사람들이
돌아올 것입니다.

상처받은 나를 치유하는 일이
이 세상에서 가장 중요한 일입니다.

나는 나를 모른다

사람은 누구나 자기 자신에 대해 잘 알고 있다고 생각하지요. 하지만 자기 자신을 가장 잘 모르는 것은 바로 자기 자신입니다. 이것이 바로 '나'에 대한 생각의 오류입니다.

가까운 사람과 늘 만나고 대화를 나누면서도 "내 마음은 내가 더 잘 알아. 네가 어떻게 내 마음을 알아?" 이견(異見)으로 인해 부딪치는 일이 많습니다.

그렇지만 분명한 사실은 내가 나를 잘 모른다는 겁니다. 명상은 이런 나를 깨우치게 하고 나를 찾기 위한 마음공부입니다.

누구나 명상의 깊은 과정을 거치게 되면 어느 순간 세상에 대해 오직 비판으로 똘똘 뭉쳐진 자신을 발견하게 됩니다. 참으로 대단한 발견이지요.

불가에서는 신도나 수행자들에게 바른 명상을 인도해주는 각자(覺者)를 두고 선지식이라고 합니다. 바른 스승을 만나 참선 공부를 하게 되면 자기 자신의 존재에 대해 확인할 수 있습니다.

지금 눈을 감고 명상에 잠겨보세요. 잠들어 있던 자신의 생각, 마음의 눈이 환하게 열리게 될 겁니다.

울고 싶을 땐

살다가 보면 힘겨운 날도 있습니다.
몸을 주체하지 못하고 비틀거리다가
집으로 돌아오는 길목에서
누가 내게 던져준 상처 때문에
혹은 어떤 슬픈 일 때문에
잠시 울 때도 있습니다.
그럴 때는 실컷 목놓아우세요.

울다가 지치면 하늘을 보세요.
여전히 하늘은 푸르고
여전히 바람은 나뭇가지를 흔듭니다.
오늘 내가 힘들다고 해서
내 인생의 전부가 힘든 게 아닙니다.

울다가 깨어 보면 우울함도 그치고

여전히 내 앞에는
새로운 하루가 열립니다.

울고 싶을 땐 실컷 우세요.

풍경(부분). Acrylic on canvas, 112×194, 2013.

울다가 지치면 하늘을 보세요.
여전히 하늘은 푸르고
여전히 바람은 나뭇가지를 흔듭니다.
오늘 내가 힘들다고 해서
내 인생의 전부가 힘든 게 아닙니다.

실체 없는 불안

어느 날 혜가스님이 불안한 마음 때문에 안식을 구하기 위해 달마대사를 찾아갔습니다. 당시 혜가스님은 그 불안감 때문에 얼마 후면 죽을지도 모른다는 생각을 늘 가지고 있었습니다.

"스승님. 마음이 불안합니다. 마음의 평화를 주십시오."

"지금, 그 불안한 마음을 내놓아라, 내가 너에게 마음의 평화를 주겠다."

"스승님. 그 불안한 마음은 형상이 없어 지금 내놓을 수가 없습니다."

"오늘부터 너의 그 불안한 마음을 내가 가져왔으니 이제 너에게는 없다."

그러자 그 순간 혜가 스님은 마음속의 불안감을 모두 떨쳐내고 깨달음을 얻었다고 합니다.

그렇습니다. 우리는 세상을 살면서 자신이 제대로 잘하고 있는

지, 직장에서 인정을 못 받고 있는 건 아닌지, 친구 사이에 따돌림을 당하고 있는 건 아닌지, 남편이나 아내가 나를 더 이상 사랑하지 않는 건 아닌지 별별 불안감에 휩싸이지요. 그런데 생각해 보세요. 그 불안의 실체가 있나요?

불안하다는 것은 실제 일어나지 않은 사건입니다. 만약 실제 그 일이 일어났거나 확인되었다면 불안한 게 아니라 슬프거나 고통스럽겠지요. 즉, 불안감은 우리의 마음이 만들어 낸 것일 뿐, 실체도 없고 막연한 것입니다. 그저 우리 마음이 만들어 낸 허상일 뿐이라는 이야기죠.

그런데 그 허상에 사로잡혀 불안함의 실체를 믿어버리면 원래는 없던 그것이 실제로 일어나는 결과를 초래할 수도 있습니다. 가령, 배우자의 마음이 변했을까봐 안달복달하여 늘 그를 의심하고 추궁한다면 원래는 그렇지 않았던 그의 마음이 멀리 떠날 수도 있습니다. 직장 상사가 자신을 인정하지 않는다고 불만에 가득 차서 행동한다면 직장 상사도 그런 당신의 모습이 마음에 들지 않겠지요.

이제 근거 없는 불안한 마음이나 불편한 마음들은 모두 쓰레기통에 던져 버리세요.

그것은 소리 없이 다가와 당신의 마음을 좀먹고 종국에는 현실화되어 버립니다. 긍정적이고 편안한 마음을 습관화하면 결국은 자신감과 행복에 가득 찬 자신을 발견하게 될 것입니다.

내가 가장 귀한 존재

이 세상에서
가장 귀한 건 무엇일까요.
황금빛 금일까요.
반짝이는 다이아몬드일까요. 돈일까요.

한 번쯤 가만히 생각해 보세요.
물론 이것들이 이 세상에서
더없이 귀한 것일 수도 있지만
더 소중한 건 바로 나 자신입니다.

나를 깨끗하게 하고
나를 귀하게 여기고
인연과 인연을 소중하게 여긴다면

언젠가는

자신이 금이 되고

다이아몬드가 되고

부자가 됩니다.

잃어버린 '마음자리'

불교를 단 한 마디로 압축한다면 '마음수행'입니다. 부처님께서 열반하실 때 제자들에게 마지막으로 강조하신 말씀은 "자신을 등불삼고 자신을 의지하라. 진리를 등불삼고 진리에 의지하라. [자귀의(自歸依) 법귀의(法歸依), 자등명(自燈明) 법등명(法燈明)]"입니다. 자신의 마음을 찾아 잘 다스리라는 뜻인데 이런 관점에서 보면 불교는 잃어버린 자신의 '마음자리'를 찾는 수행이라 할 수 있습니다.

'마음자리'란 착하고 바른 마음이 머무는 자리, 곧 '부처자리'입니다. 부처님이 사셨던 것처럼 행동하고 마음을 쓰면 곧 부처가 됩니다. 사람의 본성은 모두 '부처자리'를 가지고 있습니다.

똑같은 사람도 상스럽거나 추악한 생각을 하면 그 순간 짐승이 되고, 부처님과 같은 마음을 짓는다면 그 순간만큼은 부처님이 됩니다. 그래서 우리는 끊임없이 마음을 닦아야 합니다. 삿된 마음을 일으키는 몸 속의 나쁜 기운을 없애고 부처님 같은 마음을 지니기 위해서입니다.

부처의 마음은 다름 아닌 자신을 가장 사랑하는 일입니다. 자신을 고귀하고 행복한 존재로 만드는 것만큼 자신을 사랑하는 일이 또 있을까요? 자신을 제대로 사랑하는 법을 배워야 합니다. 자신을 사랑하는 사람만이 타인을 사랑할 수 있으며, 남으로부터 존경도 받을 수 있습니다. 부처님께서도 그리 말씀하셨지요.

부처님께서 계신 기원정사에 왕이 찾아와서 질문을 던졌습니다.

"부처님이시여. 진정으로 자기를 사랑한다는 건 무엇이며 자기를 사랑하지 않는 건 어떤 겁니까?"

부처님께서는 이렇게 말씀하셨습니다.

"누구든 몸과 입, 마음으로써 나쁜 업을 짓는 자는 자기를 사랑하고 있지 않는 자이며, 몸과 입, 마음으로 착한 업을 행하는 자는 그야말로 자기를 사랑하는 자이다."

우리는 늘 살면서 몸과 입, 마음으로서 신구의(身口意) 삼업을 짓습니다. 자신의 몸을 쾌락에만 의지하거나 거친 말을 일삼고 마음이 진실하지 못하다면, 이것은 오히려 자신을 학대하는 사람이며 자신을 사랑하지 않는 사람이라 할 수 있습니다. 그러므로 진정으로 성공하고 행복하려면 우선 자신의 '마음자리'를 잘 살피고 다스리는 것이 무엇보다 중요합니다.

누군가에게 길을 묻는다면

그대가 누군가에게 길을 묻는다면
먼저 자신에게 물어 보세요.

자신이 하고 있는 일이 정말 옳은지
자신이 가고 있는 길이 바른 길인지
자신이 좋은 생각을 하고 있는 것인지.

옳다고 생각되면 그 길을 걸어가세요.
그 길이 아니라고 생각되면 돌아서서
한두 발 물러나 다시 깊이 생각해 보세요.

자신이 가야 할 길을 가장 잘 알려줄 사람은
어느 누구도 아닌 바로 그대 자신입니다.

생각은 실제를 이끈다

데카르트란 철학자가 '나는 생각한다. 고로 존재한다.'라고 말한 적이 있지요? 육체로만 보면 우리 인간이 거대한 동물들에 비해 한없이 나약한 존재지만, '생각'이라는 걸 하는 존재이기 때문에 위대하고 고귀하다는 뜻이겠지요.

그런데 그런 인간인 우리가 만약 '생각 없이' 함부로 행동한다면 이 세상은 어떻게 될까요?

아마도 이 세상에 엄청난 피해를 입히게 될 겁니다. 물론 종국에는 자기 자신의 인생까지도요.

생각에도 여러 단계의 격이 있습니다. 어떤 생각을 가지고 있느냐에 따라 우리들의 인생은 그 모습이 천양지차로 달라집니다. 좋은 생각은 나를 키우는 토양이 되지만 잘못된 생각은 자신을 한없는 나락으로 떨어뜨립니다. 그 한 예가 여기에 있습니다.

영국의 컨테이너 운반선 한 척이 스코틀랜드 항구에 잠시 정박했습니다. 그때 한 선원이 냉동창고 안에서 일을 하고 있었는데 밖에 있던 다른 선원이 무심코 문을 '꽝' 하고 닫아버렸습니다. 선원은 있는 힘을 다해 벽을 두드렸지만 아무도 그 소리를 듣지 못한 채, 배는 그만 포르투갈을 향해 떠나고 말았습니다.

보름 후 배는 포르투갈 항구에 도착했고, 그 선원은 냉동창고 안에서 싸늘하게 죽은 시신으로 발견되었습니다. 그런데 그의 죽음은 정말 이상한 일이었습니다. 정작 창고에는 냉동용 화물을 싣지 않아서 냉동장치가 작동되고 있지 않았기 때문입니다. 공기도 잘 통했고, 온도도 19도로 적당했고, 먹을 것도 많이 있었기 때문에 죽을 하등의 이유가 없었던 것입니다.

너무도 의아한 생각에 선장은 주위를 둘러보았습니다. 그리고 컨테이너 벽면에 새겨진 작은 글씨들을 발견하고 나서 그 이유를 알아차렸습니다. 죽은 그 선원이 창고 벽면에 자신의 손가락과 발가락이 꽁꽁 얼어가는 과정과 몸이 마비되는 과정을 상세하게 기록해 놓은 게 아닙니까? 그는 자신이 갇힌 이곳이 냉동창고라는 사실에만 집착한 나머지 자신이 곧 얼어 죽으리라는 생각에 빠져 버렸던 것입니다. 그리고 결국 그 생각 때문에 실제로 얼어 죽고 말았습니다.

그렇습니다. 생각은 우리를 지배하고, 생각하는 대로 실제를 이끕니다. 불길하고 나쁜 생각을 하게 되면, 실제로 결국 그런 일이 일어납니다. 좋은 생각은 행복을 부르고 불길한 생각은 파멸로 우리를 이끕니다. 작은 생각의 차이가 성공과 실패 혹은 삶과 죽음을 가릅니다. 그러므로 지금 아무리 힘든 상황에 있어도 우리는 항상 좋은 생각, 긍정적인 생각을 해야 합니다.

좋은 생각은 행복을 부르고
불길한 생각은 파멸로 우리를 이끕니다.
작은 생각의 차이가 성공과 실패
혹은 삶과 죽음을 가릅니다.
그러므로 지금 아무리 힘든 상황에 있어도
우리는 항상 좋은 생각,
긍정적인 생각을 해야 합니다.

꽃집. Acrylic on canvas, 130×194, 2015.

산다는 것은

비갠 산사를 걸으면서
꽃이 피고 지는 것을 바라보는 일입니다.

새와 바람과 나무와 한 몸이 되어
무언의 대화를 나누는 일입니다.

홀로 책을 읽거나 창을 바라보며
그리운 이를 생각하는 일입니다.

좋은 인연을 만나서 안부를 묻고
한잔 따뜻한 차를 마시면서 미소를 짓는 일입니다.

이렇듯 산다는 건
자신을 자유롭게 놓아버리는 일입니다.

다만 모를 뿐

사람들은 인생에 관해서 많은 이야기를 나누지요. 하지만 인생이란 명제에 대해 정확한 해답을 내릴 수 있는 사람은 이 세상 어디에도 없습니다. 왜냐하면 우리의 인생은 온 곳을 모르며 가는 곳을 모르기 때문입니다.

인도에 어떤 왕이 살고 있었지요. 그는 '인생이란 무엇인가'란 물음에 늘 집착하고 있었습니다. 인간이 나고 늙고 죽는다는 건 무엇일까에 대해 늘 골똘히 생각했지요. 하지만 좀처럼 결론을 낼 수 없었습니다. 결국 왕은 모든 학자들을 불러 모아 '인생의 정의'에 대해 연구하여 발표하라고 명령했습니다. 학자들은 무려 30여 년에 걸쳐 인생에 대해 연구한 방대한 논문을 수레에 싣고 왕을 찾아왔습니다. 왕은 그 수많은 연구 자료를 보고 놀라워했습니다.

"모두 수고들 했다. 그러나 나는 이미 늙어 이 방대한 연구 논문들을 읽을 힘과 여력이 없다. 다시 돌아가 내가 읽을 수 있도록 단 한권으로 정리해 오거라."

학자들은 다시 돌아가 제각각 한 권씩 묶어 돌아왔습니다. 연구서들은 무려 10여 권이 넘었습니다. 왕은 이미 수명이 다해 귀도 잘 안 들리고 눈도 매우 나빠져 있었습니다. 왕은 다시 학자들에게 명령을 하였습니다.

"이제 나는 늙어 죽을 때가 다 된 것 같다. 나의 건강은 책 한 권을 읽을 수 없을 정도로 쇠약해졌다. 그러나 인생이 무엇인가를 알고 싶으니 단 한마디로 요약하여 말하라."

학자들은 오랜 시간 골똘히 생각했지만 좀처럼 답을 찾기가 쉽지 않았습니다. 그러던 어느 날 왕의 병이 악화가 되어 모든 학자들이 급히 왕실로 불려갔습니다.

"학자들이여, 나의 생명이 곧 꺼질 때가 된 것 같구나. 그대들은 세상에서 가장 훌륭한 학자들이거늘 어찌하여 인생에 대해 단 한마디로 요약을 하지 못하는가."

학자들은 다시 모여 의논을 하고 결론을 내었습니다. 그리고서는 왕의 침전에 들러 그의 귓가에 대고 나지막하게 속삭였습니다.

"왕이시여, 사람의 인생이란 태어나 늙고 병들어 죽는 것입니다."

왕은 그제야 빙그레 웃으며 말하였습니다.

"옳지 그렇구나. 이렇게 태어나 늙고 병들어 죽는 것이 바로 인생이구나."

왕은 그 순간 목숨이 끊어졌습니다.

참으로 의미심장한 이야기라 하지 않을 수 없습니다. 그렇습니다. 우리는 진정으로 인생의 의미에 대해 잘 알지 못합니다. 다만 순간순간 얻어지는 쾌락과 욕망에 근거하며 살고 있을 뿐입니다. 부처님이 인간의 생에 대해 '다만 모를 뿐'이라고 했던 것도 다 이 같은 이유 때문입니다.

그럼에도 우리는 재물과 명예를 위해 남에게 지나친 거짓말을 하며 수많은 죄를 짓고 있는 것이 아닌지요. "인간의 삶은 다만 태어나 늙고 병들고 죽어 가는 것에 지나지 않는다." 그런 생 속에서 진실로 우리가 추구해야 할 것은 인간답게 살다가 온 곳으로 되돌아가는 일이 아닐까요?

준비되어 있는 삶

항상 나를 위해 생각하고
나를 위해 준비하는 삶을 사세요.

언젠가 주인공이 되는
그날이 어느 날 문득
당신에게 찾아올지 모릅니다.

준비가 되어 있지 않은 사람은
설령, 그 복이 찾아온다고 해도
온전히 내 것으로 만들 수 없습니다.

무언가를 위해
항상 준비가 되어 있는 사람은
어떤 어려움이 닥쳐도
모든 걸 이겨내고 성공할 수 있습니다.

늙어간다는 것은

우리는 누구나 늙습니다. 그리고 늙으면 가장 먼저 찾아오는 게 바로 외로움입니다. 오늘날과 같은 핵가족 시대에는 더더욱 그렇습니다. 애지중지 키워온 아이들도 성장하면 품안을 떠난 자식에 지나지 않습니다. 눈만 뜨면 매일 치열한 경쟁을 겪어야만 하는 자식들에게 무언가를 기대해서도 안 되며 그들을 원망해서도 안 됩니다.

젊었을 때는 누구보다 똑똑하고 잘나갔다고 하지만 이미 그것은 과거의 일일 뿐입니다. 중요한 건 현재입니다. 그래서 부처님은 "과거는 이미 지나갔고 미래는 오지 않았다. 지금 이 시간이 가장 소중하다."라고 하셨지요. 틱낫한 스님 역시 "과거나 미래에서 길을 잃고 헤매지 말라. 우리가 살아 있을 유일한 시간은 지금 현재 이 순간뿐이다."라고 말씀하셨습니다.

사람이 존재의 가치를 잃는 것보다 더 큰 슬픔은 없습니다. 존재의 가치가 없다는 말은 곧 삶의 목적이 없다는 말이기도 합니다. 우리는 살아있으므로 무언가를 해야 합니다. 할 일이 없다는 것은 몸과 마음을 병들게 하고 외로움을 만드는 원인이 됩니다. 따지고 보면 모든 외로움의 원인은 자기 자신에게 있습니다.

제가 회주로 있는 '108산사순례' 회원들의 연세가 대부분 50~60세 보살님들입니다. 대부분 집에서 손자손녀 뒷바라지나 하며 말년을 보내시던 분들이지만 산사순례를 다니면서부터 몸과 마음이 한결 건강해졌다고 합니다. 많은 도반들을 만나 사귀고, 기도와 보시도 하고, 마음법문들도 많이 듣다보니 인생에 새로운 눈을 뜨게 되었다는 겁니다. 무엇보다도 남을 배려하는 마음이 생겨서 좋다고 합니다.

지금부터라도 자신만의 궁극적인 삶의 목표를 가져 보세요. 지금까지 그냥 살기 위해 살았다면 이제부터라도 삶의 이유를 찾아보세요. 이것이 외로움으로부터 벗어나는 길이며 노후를 아름답게 사는 비결입니다.

늙음은 대자연의 이치입니다. 이것을 그대로 받아들이는 마음이 필요합니다. 만약 당신이 늙지 않고 대자연이 순환하지 않는다면, 이 세상은 그야말로 악취로 뒤덮여 질 겁니다. 꽃나무도 지고 나면 다시 피듯이 만물은 순환을 거듭합니다. 그러므로 나고 늙고 병들고 죽는 건 자연스러운 대자연의 법칙입니다. 이러한 법칙을 알고 있는 사람은 과한 욕심과 명예를 탐하지 않습니다. 이 세상의 모든 생명은 온 곳을 모르고 가는 곳을 모릅니다. 그래서 우리는 오히려 행복한지도 모릅니다. 이것이 바로 만법(萬法)이니까요.

사람에게 필요한 사람이 되세요.

그저 상처받고 아픈 이에게

따뜻한 한 모금의 위안이 되어 주는

그런 사람이면 됩니다.

그러나 그 마음 한번 주기가

어찌 그리들 어려운지요.

2

지금 그대에게 필요한 사람은

풍경. Acrylic on canvas, 91×65, 2001.

행복한 인연, 나쁜 인연

지금껏 그대는
세상을 살아오면서
누구와 동행을 하였나요.

가만히 눈을 감고 생각해보세요.
수많은 인연들이
주마등처럼 떠오를 것입니다.

행복한 인연도 있었을 것이고
나빴던 인연도 있었을 것입니다.
이제 그들을 내 안으로
모두 끌어안아 보세요.

나빴던 인연들도
아주 천천히

언젠가 미소를 지으며

다가올 것입니다.

그러면 어느 새

그대 마음도 그를 바라보며

환하게 미소를 짓게 될 것입니다.

그것이 바로 세상을

슬기롭게 사는 길입니다.

누군가를 위해 비워 놓은 의자

눈이 펄펄 내리는 어느 겨울날이었습니다.

한 노(老)스님이 탁발을 마친 무거운 걸망을 지고 대합실에 서서 기다리고 있었습니다. 낡은 승복과 형색으로 인해 누가 보아도 지친 기색이었습니다.

그 때 아주머니 한 분이 말했습니다.

"스님, 의자 하나가 비어 있습니다. 젖은 걸망을 내리시고 난로 옆에 앉으세요."

"허허 괜찮습니다. 나는 보다시피 두 다리가 멀쩡하오."

"이왕 비어 있는 의자인데 앉으세요."

스님은 아주머니에게 합장하며 미소를 지었습니다.

"아주머니. 저 의자는 비어 있는 게 아닙니다. 다리가 불편한 사람을 위해 만들어 놓은 것이지요. 저 의자도 아마 그런 분을 위해 기다리고 있는 중일 겁니다."

노스님은 끝내 앉지 않았습니다. 곧 이어 목발을 짚은 한 할아버지가 그 자리에 앉았습니다. 할머니는 노스님을 바라보며 미소를 머금었습니다.

당신은 누군가를 위해 의자를 비워 놓은 적이 있나요?

사람에게 필요한 사람

사람에게 필요한 사람이 되세요.
무슨 거창한 말이 아닙니다.

아내가 외로워할 때
남편이 괴로워할 때
가까이 있는 친구나 동료가
상심하거나 슬퍼할 때
위안의 따뜻한 말로
그들의 상처받았던 마음을
훈훈하게 덥혀 주는 그런 사람이 되세요.
결코 돈이 드는 일이 아닙니다.

"괜찮아"
"용기를 내"
"사랑해"

그 한 마디 말이 얼마나 큰 위로가 되는지
그대는 알아야 합니다.

사람에게 필요한 사람이 된다는 말은
유능한 사람이 되라는 말도
꼭 무엇을 주는 사람이 되라는 말도 아닙니다.
그저 상처받고 아픈 이에게
따뜻한 한 모금의 위안이 되어 주는
그런 사람이면 됩니다.
그것으로 충분합니다.

그러나 그 마음 한 번 주기가,
그 말 한 번 건네는 것이,
어찌 그리들 어려운지요.

사랑은 홀로서기가 아니다

얼마 전 한 여성 신도분이 찾아와서 상담을 요청했습니다.

"남편의 외도로 몸과 마음이 만신창이가 됐습니다. 이혼하려고 해도 한 번만 용서해달라고 빕니다. 스님 어떻게 해야 할까요?"

얼마나 힘들면 평생 결혼 생활을 해 본 적도 없는 스님에게 이런 질문을 하셨을까요.

저는 열네 살에 청담 큰스님을 은사로 '출가'하여 스님이 되었습니다. 불교에서 스님의 출가는 세속과의 인연을 끊고 부처님과의 인연을 중시하며 오직 수행을 열심히 하는 게 본분사입니다. 다시 말해 부처님 법대로 살며 귀의하는 일이 출가입니다. 저는 그로부터 오십여 년 가까이 출가의 본분을 지키며 수행해 왔습니다.

세속에서는 여자가 한 남자를 만나 결혼하여 한평생을 미우나 고우나 함께 살기 위해 친정을 떠나는 걸 '출가'라고 합니다. 그런데 자라온 환경이 전혀 다른 두 사람이 만나 평생을 함께 사니 얼마나 힘들겠습니까. 이해와 배려가 따르지 않으면 행복한 삶을 이루는 것도 당연히 힘들게 됩니다.

스님들도 한 순간의 유혹을 참지 못해 파계(破戒)할 때도 있습니다. 참으로 고통스런 일이지요. 개중에는 파계를 했다가 용서를 빌고 다시 계를 받아 절집으로 오시는 분들도 극소수이지만 더러 계십니다.

이 또한 부처님과의 결혼이며 이혼이라 할 수 있습니다. 그런데 이런 스님들을 모두 받아주시는 분도 바로 부처님입니다. 경전에는 아흔아홉 명을 해친 앙굴리마라는 살인자와 오백 도둑놈들도 모두 제자로 받아주셨다는 이야기가 기록되어 있습니다.

비록 남편이 바람을 피웠지만 그것을 용서하는 것도 부처님 같은 아내의 마음입니다. 물론 그 남편을 일방적으로 용서하라는 게 아닙니다. 거기에는 중요한 전제가 필요합니다. 다시는 그런 삿된 짓을 하지 않겠다는 다짐은 물론, 각서를 받아야만 합니다. 그리고 아내는 남편이 바람피운 것을 용서는 하되 그로 인해 남편이 또 다시 삿된 행각에 빠지지 않도록 해야 합니다. 아울러 이해와 사랑을 가지고 자신은 혹 잘못이 없었는지 깊이 생각하고 되돌아보는 마음의 자세가 필요합니다. 그렇지 못하면 파국으로 끝나게 되는 게 다반사입니다. 그렇게 했는데도 남편이 삿된 행각을 그치지 않는다면 그땐 과감히 돌아서시기를 바랍니다. 이는 남편과 아내 입장이 바뀌어도 마찬가지입니다.

불교에서는 부부의 인연은 백천 겁을 지나 만난 인연이라고 합니다. 백천 겁을 뛰어넘어서 인연을 맺었으니 얼마나 소중한 인연입니까. 그러므로 서로가 존중하는 자세를 지녀야 합니다. 이것이 부처님의 깊디깊은 가르침입니다.

사랑은 결코 홀로서기가 아닙니다. 둘이 하나가 되는 게 사랑입니다.

첫눈처럼 사랑하세요

첫눈이 아름다운 것처럼
모든 것을 첫눈처럼 사랑하세요.

여행을 떠나면
처음 가 본 그 길이 낯설지만
언제나 마음은 한없이 설렙니다.

그렇습니다.
두 사람이 만난 지
십 년이 지나고 이십 년이 흘렀지만
아내를 처음 만난 것처럼
언제나 사랑하세요.

곁에 있는 친구들도
처음 만난 것처럼

첫눈처럼 언제나 사랑하세요.

직장에서 일을 할 때에도
처음 하는 것처럼
언제나 최선을 다하세요.
그것이 바로 첫 마음입니다.

천 번 태어나 만나는 인연

하루가 멀다 하고 매일 티격태격 싸우던 부부가 통도사 극락암 삼소굴(三笑窟)에 거처하고 계시던 경봉스님을 찾아 왔습니다.

"스님, 저희 부부는 별거 아닌 작은 일에도 늘 다투곤 합니다."

"허허. 그래. 아이는 몇을 낳았노."

"아들 둘에 딸 하나입니다."

"그래, 금슬이 좋으니 그만큼 아이들을 낳았지."

부부는 부끄러운 듯 얼굴을 붉혔습니다.

경봉스님은 부부의 얼굴을 찬찬히 살피시고는 대뜸 남편에게 물었습니다.

"그런데 말이다. 니는 네 마누라 몇 번 업어 주었노."

"네. 한번도… 업어 주지 못했습니다."

"봐라. 네 마누라는 아이 셋을 낳느라 세 번 죽었다가 살아났는데 한 번도 업어 주지 못했으면서도 뭐가 그리 잘났다고 마누라를 구박하노."

남편은 그 순간 아무런 말도 하지 못하고 고개를 끄덕였습니다.

"그 봐요. 역시 우리 스님 말씀은 명언이야."

부인은 신이 나서 스님 말씀에 맞장구를 쳤습니다.

그때 스님이 다시 부인을 나무랐습니다.

"니는 뭐가 좋다고 소리 치노. 네 남편은 금쪽같은 아이 셋과 마누라를 지금껏 먹여 살려 왔지 않느냐?"

그제야 남편은 어깨에 힘이 들어가기 시작했습니다.

그 순간 스님이 파안대소하며 말씀하셨습니다.

"허허허. 이제 싸우지들 말고 서로 존경하며 살아야 한다. 부부는 전생에서부터 서로 빚진 인생이다."

부부가 극락암을 내려갈 때 스님이 배웅 나와 다시 일렀습니다.

"대문 밖에 나서면 거기는 돌도 많고 물도 많다. 돌멩이에 채여서 넘어지지 말고 물에 미끄러져 옷도 버리지 말고 잘 돌아가거라."

당대의 선지식이셨던 경봉스님의 일화입니다. 이 이야기에는 인생의 깨달음이 가득 들어 있습니다.

우리 인생은 문 밖만 나서면 수많은 '돌과 물'을 만납니다. 돌멩이에 걸려 넘어지고 물기에 미끄러지는 걸 모르는 사람은 없습니다. 여기에서 '돌과 물'은 부부가 세상을 살면서 만나는 수많은 고난과 고통, 고뇌의 상징입니다. 경봉 스님이 그들의 어리석음을 깨우쳐준 것은 바로 상대의 조그마한 실수와 서운함에 투덜거리지 말고 '자신의 행복을 스스로 알고 느끼라'는 것입니다.

경봉스님은 당시로서는 늦은 나이인 스물네 살에 어머니를 잃고 인생무상을 느껴 출가를 하신 분입니다. 그 후 양산 통도사 극락암에 호국선원을 개원, 평생을 참선에 몰두하셨습니다. 뿐만 아니라 글씨와 선시(禪詩)에도 매우 뛰어나 당대 최고의 선지식으로 알려져 있습니다.

화장실을 '해우소'라고 이름 지으신 분도 바로 경봉스님인데 해우라는 말은 '근심을 덜어 낸다'라는 말로서 화장실에 앉아 온갖 시름을 다 들었다가 '놓으라'는 '방하착(防下着)'의 의미가 담겨 있습니다. 이처럼 스님은 아주 작은 일에도 세심하게 마음을 쓰셨던 분입니다.

그럼, 과연 부부란 어떤 의미를 담고 있을까요? 불가(佛家)에서 말하는 부부의 인연은 떼려야 뗄 수 없는 '천생연분'이라는 말이 있습니다. 하지만 우리는 일상적인 말인데도 그 속에 담긴 깊은 의미를 제대로 모르고 사용할 때가 많습니다.

'한 생'이란 사람이 태어나서 죽는 때를 말합니다. 따라서 '천생 연분'은 죽고 태어나기를 천 번 했을 때 만나는 인연입니다. 이렇듯 귀중한 인연이 바로 부부입니다. 어떤 철학자는 부부의 인연을 두고 팔천갑자에 만날 인연이라고까지 했으니 가히 그 어떤 만남과도 비할 바가 아니죠.

부자가 되거나 행복을 구하거나, 자식이 출세하는 건 모두 부부의 업(業)임을 알아야 합니다. 부부가 매일 티격태격하고 싸우게 되면, 부자가 되기는커녕 잘 될 일도 없고 자식도 출세하지 못합니다.

부부란 윤회의 굴레 속에서 만나는 인연의 결과물입니다. 전생에 자신이 게으른 사람이었거나 가족을 돌보지 않은 사람이었다면, 그런 배우자를 만날 확률이 많은 게 바로 불교의 업(業)입니다. 현생에 만난 부부나 형제는 다 전생에서 깊은 인연이 있는 사람이며, 원수지간인 사람은 다 전생에서 깊은 원한이 있는 사람이라 할 수 있습니다. 그러므로 지금 자신이 고통을 받고 있는 건 전생에 지은 업의 결과라는 사실을 깊이 명심해야 합니다.

그렇기 때문에 부부는 항상 서로 공경하고 공양하며 살아야 합니다. 그것이 이 생에 좋은 업을 쌓는 일이고, 내세에 더 좋은 인연을 맺게 해주는 길입니다. 우리 인간은 단순히 먹고 자고 싸기 위해서 존재하는 게 아니라 늘 끊임없이 자기 발전을 추구하기 위해 존재합니다. 그러기 때문에 인간입니다. 이를 깨닫고 따른다면 언제나 가정에 행복이 가득할 겁니다.

풍경. Acrylic on canvas, 31×40, 2012.

'한 생'이란 사람이 태어나서
죽는 때를 말합니다.
따라서 '천생연분'은 죽고 태어나기를
천 번 했을 때 만나는 인연입니다.
이렇듯 귀중한 인연이 바로 부부입니다.

모두가 인연 때문

많은 사람들이 인생을 두고
'이렇다 저렇다'고들 말하지만
단 한 마디로 압축한다면 인연 때문입니다.

그대가 이 거친
생로병사의 사바세계에 오게 된 것도
부모님과의 인연 때문이며
스님이 출가하여 부처님의 제자가 된 것도
인연 때문입니다.

그대가 사랑하는
아내와 남편을 만난 일도
벗을 만난 일도
모두 인연 때문입니다.

이 우주의 세계에서
인연 없는 건 하나도 없습니다.
그 인연들 중에서
좋은 인연을 내 것으로 만드는 일이
곧 성공의 지름길입니다.

다른 이를 위한 등불

옛날에 어떤 스승이 제자를 가르치고 있었습니다. 그 제자는 눈이 멀어 앞을 보지 못했습니다. 어느 날, 둘이서 시간가는 줄 모르고 있다가 그만 날이 저물어 깜깜해졌습니다. 자신의 거처로 돌아가는 제자를 위해 스승은 등불을 켜 주었습니다. 제자는 이상하다는 듯 이렇게 말을 했습니다.

"아니 스승님, 제가 앞을 보지 못한다는 사실을 깜박 잊으셨나요? 저는 낮도 밤이고 밤도 그냥 밤인데 이런 등불이 무슨 필요가 있습니까?"

그러자 스승은 이렇게 말했습니다.

"너는 하나만 알고 둘은 모르는구나. 이 등불은 너의 발길만 비추는 게 아니라 다른 사람들 발길도 비추는 것이고, 이 등불로 인하여 서로 부딪치지 않고 길을 잘 갈 수 있지 않겠느냐?"

집으로 돌아가는 늦은 밤길에 가로등 불빛이 환히 켜져 있는 것을 봅니다. 그것을 보고 어떤 생각을 하였나요? 매일 켜져 있는 가로등이라 우리는 사실 그것이 왜 중요한지 모릅니다. 그저 무심히 지나쳤을 뿐이지요. 그러나 그 가로등은 나뿐만이 아니라 모든 이웃을 위한 불빛입니다. 가야 할 길과 가지 않아야 할 길을 비춰주는 '지혜의 등불'입니다.

제자는 자신만을 생각한 나머지 스승이 켜는 등불의 의미를 잘 몰랐습니다. 어리석은 제자의 무명을 지혜로 바꾸어준 건 다름 아닌 스승의 몫이었습니다. 우리도 어리석은 내 이웃과 친구가 있다면 당연히 지혜의 등불을 밝혀주어야 합니다.

불가에서는 어리석은 중생을 두고 '무명 중생(無明衆生)'이라고 합니다. 삶의 의미와 삼라만상의 이치를 모르고 깜깜한 밤길을 걷는 소경처럼 헛된 욕망에 사로잡혀 몸부림치는 우리네 모습이 바로 그렇지요. 무명에 빠진 내 스스로를 위해 그리고 내 이웃과 친구들을 위해 당신은 오늘 어떤 등불을 밝히고 있나요?

독립된 영혼

부모들에게 가장 큰 관심도 근심도 자녀교육일 겁니다. 경전『잡아함경(雜阿含經)』에는 자녀와 부모의 관계를 두고 "자녀들은 부모에게 귀의하며 살지만 자식은 다만 인연의 화합일 뿐이다."고 쓰여 있습니다. 이는 부모와 자녀가 종속적인 관계가 아닌 인연에 의해 만난 하나의 다른 독립적인 존재라는 말입니다.

그래서 부처님은 "비록 자식이 수 천이 있어도 서로 갈려 영원히 떠나간다."고 하셨던 겁니다. 부모라고 해서 자식의 삶을 어찌 할 수 없다는 말이지요.

아이에게는 아이만의 행복이 있으며 부모에게는 부모만의 행복이 있습니다. 이를 인정하고 자녀를 대하고 양육해야 합니다.

예를 들어 내 아이가 게임을 좋아한다면 먼저 그것을 인정한 뒤에 바른 것을 가르쳐야 한다는 뜻입니다. 공부는 뒷전인 채 게임에만 열중하는 모습을 보고 무조건 야단을 치거나 공부를 하라고 닦달해서는 안 됩니다. 물론 부모의 마음으로는 공부를 하지 않는 아이의 미래가 걱정스럽고 좀 더 바른 길로 인도하고픈 바람이 있을 겁니다. 하지만 아이가 게임에 열중하는 이유가 단순히 놀기 위해서인지, 아니면 정말 그 분야에 소질이 있어서인지, 아니면 공부에 집중할 수 없는 또 다른 이유가 있는 것인지 제대로 파악하지 않은 채 무조건 공부만을 강요하는 것은 자칫 아이에게 공부에 대한 반감만을 심어줄 우려가 있습니다.

아이는 부모의 소유물이 아닙니다. 부모가 보기에는 아무 것도 모르는 철없는 어린아이에 불과해 보여도 엄연히 독립된 인격과 영혼을 가진 고유의 존재입니다. 그러므로 아이를 대할 때도 내 자식이니 내 마음대로 하겠다는 생각을 버리고 하나의 독립된 인격체로 존중하고 배려하는 마음을 가져야 합니다.

가령 아이가 게임을 좋아한다면 "게임이 그렇게 좋으니? 너는 왜 게임을 하면 행복하지?" 하면서 먼저 아이와 대화를 시작하세요. 그리고 아이가 원하는 걸 해주되 지나치게 간섭하지 말고 격려도 곁들여 말해보세요. 예를 들면 "얘야, 건강에 안 좋으니 조금씩 쉬었다가 하렴", "게임 1시간 실컷 하고 그 후에는 공부 2시간씩 하면 어떨까?", "공부는 단순히 성적만을 위한 것이 아니라 네가 모르는 세상의 지식과 지혜를 배우는 것이니 공부를 해야 게임도 더 잘할 수 있게 된단다." 등등 아이와 대화를 하며 협상을 해 보세요. 같은 이야기도 잔소리와 질책이 아니라 관심과 배려라고 느껴질 겁니다.

부처님께서는 "어른들이 부처님께 귀의하여 쉬듯이 자녀들도 부모에게 귀의하여 쉰다."고 하셨습니다. 아이들이 게임이나 오락에 빠지거나 잠시 다른 길로 빠져 헤매는 것도 사실은 부모라는 귀의처가 있기 때문입니다. 부모는 그들이 더 넓은 세상으로 나아가기 위한 발판이자 기대어 쉴 수 있는 귀의처이지, 그들을 소유물처럼 좌지우지할 수 있는 권력자가 아닙니다.

또한 부모는 자녀의 모범이 되어야 합니다. "아이들은 어른의 등을 보고 자란다."는 말이 있습니다. 아이가 말을 듣지 않고 폭력적이라면, 혹시 부모인 내가 그런 모습을 보이지 않았는지 돌아보세요. 늘 책을 가까이 하고 절제된 생활을 하는 부모를 보고 자란 아이와, 늘 걸핏하면 소리 지르며 싸움이나 하는 부모 밑에서 자란 아이가 같을 수 있을까요?

아이에게 책 읽어라, 공부하라 다그치기 전에 엄마와 아빠인 자신의 모습부터 돌아보세요. 아이의 모습은 부모의 거울입니다. 그동안 아이들 앞에서 혹시 폭력을 사용하지 않았는지, 욕설을 하지는 않았는지, 게으른 모습을 보이지는 않았는지, 먼저 반성하는 시간을 가져야 합니다.

무엇보다 중요한 것은 부모의 행복한 모습입니다. 행복한 부모가 행복한 자녀를 만듭니다. 아이에게만 집착하기 전에 부모 스스로 행복해져야 합니다. 부모가 늘 몸과 마음을 경건히 하고 서로 간에 사랑하고 배려하는 모습을 보여 주세요. 부모라고 다 같은 부모가 아닙니다. 어린아이들도 존경할 만한 부모와 그렇지 않은 부모를 판별할 줄 압니다. 존경하는 부모가 하는 말과 그렇지 않은 부모가 하는 말은 아이가 받아들이는 태도도 다르겠지요.

아이를 독립된 인격체로 대하고, 부모 스스로 좋은 본(本)이 되는 것, 그것이 지혜롭고 현명한 부모의 모습입니다.

아빠 밥상, 내가 엎어

밥상만 마주하면 말다툼을 벌이는 어떤 부부가 있었습니다. 남편은 그때마다 화가 치밀어 오르면 밥상을 엎어버리곤 하였습니다. 상이 엎어지면 김치와 국물이 튀어 방바닥은 그야말로 난장판이 되었습니다.

그 부부에게는 네 살 먹은 아이가 있었는데, 그날도 밥상을 마주하고 심한 언쟁이 벌어졌습니다. 그때였습니다.

"아빠, 이거 내가 엎어, 엎어."

아이는 손을 내저으며 알아듣지 못할 소리로 옹알거렸습니다. 그 순간 부부는 깜짝 놀라 싸움을 멈추고 아이를 바라보았습니다.

아이는 여전히 밥상을 뒤엎는 시늉을 하고 있었습니다.

어느 시인이 쓴 에세이집에 담긴 이야기입니다. 절대로 웃어넘길 수 없는 무서운 이야기입니다.

부부가 한 평생 살면서 다툼을 하지 않을 수는 없습니다. 그러나 아이가 있을 때 그런 모습을 보여서는 절대 안 됩니다. 네 살짜리 아이의 눈은 아빠가 밥상을 엎는 행위가 나쁜 일인지 좋은 일인지를 제대로 인지하지 못합니다. 아이는 아빠가 하는 행동이 어쩌면 당연하다는 생각을 하고 있을지도 모릅니다.

아이 앞에서 욕을 하거나 밥상을 엎는 행위는 마치 아이에게 너도 커서 결혼을 하면 그대로 하라는 것과 똑같습니다. 아이들은 부모의 행동을 그대로 보고 따라서 합니다. 그러니 매사에 조심, 또 조심해야 합니다. 어른들의 안 좋은 모습을 보고, 물건을 집어 던지는 걸 보고 자란 아이들의 미래는 참담할 수밖에 없습니다.

알코올중독자 부모에게서 알코올중독자 자식이, 폭력 부모에게서 폭력배가 나옵니다. 실제로 많은 범죄자들의 대다수가 좋지 않은 부모의 영향을 받았다고 합니다. 훌륭하고 좋은 부모가 되지는 못하더라도 최소한 아이들에게 몹쓸 '본보기'가 되는 그런 나쁜 부모는 되지 말아야 합니다. 그것은 무엇보다 큰 업보입니다.

그래서 저는 신도들을 만날 때마다 절대 부부가 싸우는 모습을 아이들에게 보여 주어서는 안 된다고 신신당부를 합니다. 그런데도 으레 돌아오는 말은 이렇습니다.

"아유 스님, 보여주고 싶어 보여주나요? 속이 뒤집어지니까 그렇지요."

이런 말을 듣게 되면 저로서는 더 이상 할 말이 없습니다. 엄마 아빠가 싸우는 모습은 아이에겐 엄청난 충격으로 다가 올 수 있습니다. 어쩌면 평생 씻을 수 없는 상처로 남을지도 모릅니다.

잘 생각해보세요. 어렸을 때 엄마 아빠가 싸우는 모습을 보고 마음이 편안하던가요? 가슴이 두 근반, 세 근반 하는 게 마치 세상이 무너지는 것처럼 무섭습니다. 그러한 고통은 잠깐 동안 머물다가 지워지는 게 아닙니다. 마음이 여리디여린 시절이기 때문에 그 상처의 깊이는 성인이 되어도 잘 씻어지지 않으며 그때 겪은 불안한 마음은 늘 아이의 잠재의식 속에 남아 큰 문제가 될 수 있습니다. 그러니 아이들 앞에서는 절대 부부싸움을 하지 마세요.

살다보면 돈보다 소중한 것이 가족의 행복입니다. 이보다 정말 소중한 건 사실 없습니다. 그 중에서도 가장 소중한 것이 바로 자녀 교육입니다. 우리 아이가 바르고 건강하게 자라줄 수만 있다면, 이 세상의 그 어떤 어려운 일도 기꺼이 감당해야 하는 것이 '부모'라는 존재입니다. 이게 부처님 마음이고 보살의 마음입니다. 이런 마음으로 부부가 화합하고 사랑할 때 우리 아이도 행복할 수 있습니다.

상처받지 않으려면

그 누군가를 죽도록
미워해 본 적이 있을 겁니다.
그런데 누가 더 많은 상처를 받았나요.
그대인가요, 그 사람인가요.

늦은 밤 베갯잇을 부여잡고
늘 눈물 흘리는 사람은 바로
그대가 아니었나요.

그렇습니다.
늘 마음의 상처를 받는 사람은
그가 아닌 바로 그대입니다.

죽어도 용서하지 못하겠다고 한들,
마음속 상처의 깊은 멍울은

세월이 지날수록 더욱 커집니다.

이제라도 그 사람을 용서하세요.
죽어도 용서하지 못하겠다고
마음을 굳게 먹었더라도
한 번쯤 그를 용서해보세요.

그 사무친 미움의 안개가
한 순간 홀연히 걷히고 나면
그 사람이 전혀 새로운 얼굴로
그대에게 다가옵니다.

정말 자기 자신을 사랑한다면
모든 것을 놓아버리고
그 사람을 용서하세요.

용서는 다시 태어나는 길

옛날 직지사에 유난히도 동승을 좋아하시는 쌍운 노(老)스님이 계셨습니다. 대법사로서 명성이 자자했지만, 항상 스님의 거처는 동승들의 놀이터였죠.

어느 날 한 신도가 동승에게 용돈을 주었는데 꾸벅꾸벅 졸다가 책상 위에 돈을 얹어 놓고는 원주스님이 부르는 소리에 쪼르르 달려 나갔습니다. 언감생심 사미가 돈을 가져가 버렸습니다. 그때 그 모습을 큰스님이 지켜보고 있었습니다.

얼마 후 동승은 돈이 없어진 사실을 알고 울음보를 터뜨렸습니다.

"큰스님 돈이 없어졌어요."

"녀석아 귀중한 물건은 그렇게 함부로 두는 것이 아니다. 주워간 사람보다 잃어버린 놈의 잘못이 더 크다. 옜다. 내가 잠시 보관해 두었다. 다음부터는 잘 간수해라."

"네 잘 알겠습니다. 큰스님 고맙습니다."

그날 저녁 돈을 들고 간 사미가 이 이야기를 전해 듣고 큰스님께 무릎을 꿇었습니다. 스님은 미소를 지으며 나직이 꾸짖었습니다.

"어떤 일이 있더라도 남의 물건에 함부로 손을 대어서는 안 된다. 그것은 출가자로서 가장 큰 죄를 범하는 일이다."

사미는 그제야 잘못을 뉘우치고 눈물을 뚝뚝 흘렸습니다.

잘못을 저지른 사람을 용서하는 일은 결코 쉽지 않은 일입니다. 당신은 누군가를 용서한 적이 있나요? 용서하는 일은 그 사람을 다시 태어나게 하는 길입니다. 그리고 무엇보다 나 자신을 성장시키는 일입니다. 죄를 지은 사람도 상대방의 용서를 가슴으로 받아들여야만 합니다. 그래야만 진정한 뉘우침이 됩니다.

진정으로 자신을 사랑하는 길

어느 날, 건강 검진을 받고 난 뒤 유방암 2기라는 청천벽력 같은 진단을 받은 한 신도가 저를 찾아왔습니다. 그녀의 나이는 이제 겨우 나이 오십이고 그동안 열심히 살았는데 모든 것이 허무해졌다고 합니다.

만약 누군가가 '세상에서 가장 중요한 일이 무엇인가' 하고 묻는다면 저는 주저없이 건강이라 말할 수 있습니다. 아무리 재산이 많고 명예가 높고 지식이 많다고 하더라도 건강을 잃고 나면 아무런 소용이 없겠지요. 스님과 같은 수행자도 건강한 몸이 뒷받침되어야만 수행도 정진도 열심히 할 수 있습니다.

그러니 그 분이 암이라는 진단을 받고 난 뒤 모든 것이 허무해졌다고 하는 건 어쩌면 당연한 일입니다. 병 앞에서 자유로울 수 있는 사람은 아무도 없습니다. 하지만 육체의 병보다 더 무서운 건 마음의 병입니다.

의학의 발달로 이제 암은 그렇게 완치 불가능한 병이 아닙니다. 더구나 초기에 발견되어 수술을 하고 항암치료 중이니 곧 육체의 병은 완치가 될 겁니다. 문제는 병을 대하는 마음입니다. 나는 건강하다. 그 어떤 병도 이겨낼 수 있다는 강한 신념을 가지고 있으면 누구보다 빨리 완치될 수 있지만, 스스로 무력하게 병을 받아들이면 병이라는 악마는 더 기승을 부립니다.

일전에도 어떤 보살님이 찾아오신 적이 있습니다. 그 분 역시 위암수술을 받고 건강을 회복했다고 합니다. 그런데 그 순간부터 세상이 새롭게 보인다고 했습니다. 아이들과 남편을 위해 뒷바라지 하면서 열심히 살아 왔는데 이젠 자신을 위해 살아야겠다는 생각을 했다고 합니다.

저는 그래서 "자신을 위해 산다는 것은 어떻게 사시겠다는 말인가요? 그럼 지금까지 아이들과 남편을 위해 산 것은 자신을 위해 산 것이 아닌가요?" 하고 물었습니다. 그러자 그 여신도는 한 마디 대답도 하지 못했습니다.

왜 일까요? 평소 자신을 위해 사는 것이 어떤 것인지 한 번도 제대로 생각해 보지 않았기 때문입니다. 사실 아이들과 남편을 사랑하고 그들을 위해 헌신한 것이 꼭 자기 자신을 위한 삶과 다른 길일까요? 그로 인해 행복감과 편안함을 느꼈다면 그 또한 자기 자신을 위한 삶이지 않을까요?

우리는 마치 주변의 모든 것들을 버리고, 오직 이기적으로 자신만을 위해 사는 특별한 길이 있는 것처럼 생각합니다. 하지만 그렇지 않습니다. 인간은 더불어 사는 존재입니다. 가장 가까이 있는 가족과 친구, 동료들이 행복하지 않다면 자기 자신도 결코 행복할 수 없습니다. 그것을 희생이라 여기고 보상을 바라거나 혹은 관계에만 목매고 집착하지 않는다면 말이죠.

우리 삶에는 균형이 필요합니다. 서로 기대어 서 있는 갈대 다발이 혼자만 서려 하거나 반대로 상대에게 기대려고만 한다면 거친 바람이 불어올 때 버티지 못하고 쓰러질 수밖에 없겠죠.

한 쪽만의 희생이 아닌 독립적이면서도 서로 의지가 되는 그런 관계가 필요합니다.

이제껏 해 온대로 열심히 아이와 남편을 사랑하고 자신의 정체성과 존재 이유를 찾아가는 것이 자신을 가장 사랑하는 방법입니다. 그것이 몸과 마음의 병을 치유하고 위로하는 가장 빠른 길입니다.

우리가 사는 세상은 산토끼의 발자국처럼

생각보다 아름답고

생각보다 맑고 고요하며

생각보다 사랑해야 할 게 너무 많습니다.

생각보다 세상은 아름답다

꽃. Acrylic on canvas, 130x97, 2000.

세상을 움직이게 하는 건

세상을 움직이게 하는 건
작은 감동입니다.

내 손이 텅 비어 줄 것이 없다고
한탄하지 마세요.
그를 배려하는 작은 마음 하나
내어주면 충분합니다.

내가 어떻게 대접받고 싶은지 알면
내가 그로부터 무엇을 받고 싶은지 알면
그가 나로부터 받고 싶은 마음이 보입니다.
내가 내어줄 수 있는
마음이 보입니다.

가까운 사이일수록 감동이 필요합니다.

늘 곁에 있다고 방심하지 마세요.

그에게 격려와 용기를 던져 줄 사람은

어느 누구도 아닌

가장 가까이에 있는 당신입니다.

아름다운 적반하장

얼마 전 전해들은 이야기입니다. 폐지를 모아 근근이 생활을 이어가는 할머니와 초등학교에 다니는 손자가 있었지요.

무더운 여름날, 할머니와 손자는 폐지를 잔뜩 실은 리어카를 끌고 가다가 그만 무게를 이기지 못하고 비틀거리다 도로변에 세워둔 외제차를 박고 말았습니다. 그 바람에 차의 문짝이 심하게 찌그러졌습니다.

할머니와 손자는 어쩔 줄 몰라 망연자실 한참 그 자리에 서 있었습니다. 폐지를 주워 하루하루 연명하는 처지에 값비싼 외제차를 망가뜨렸으니 눈앞이 아득했습니다. 사실 본 사람도 없고 지나가는 행인도 없어서 그냥 그대로 모른 체 도망가도 될 일이었습니다. 하지만 할머니는 한참을 기다리다 지나가는 행인을 불러 차주에게 전화를 걸어달라고 요청했습니다.

잠시 후 차주와 가족들이 달려왔습니다. 할머니와 손자는 미안한 마음에다 비싼 외제차 수리비 걱정에 고개를 떨구고 꼼짝 없이 굳어 있었습니다. 그런데 뜻밖의 일이 일어났습니다.

"할머니, 저희가 잘못했습니다. 차를 세워야 할 곳에 세워 두지 않고 주차위반을 해서 이렇게 사고가 났으니 저희들의 잘못입니다. 어디 다친 데는 없으세요?"

차주와 가족들이 화를 내기는커녕 오히려 용서를 비는 게 아닙니까? 할머니와 손자는 물론, 주위에 있던 행인들은 모두 어리둥절했다고 합니다. 비싼 외제차를 망가뜨렸으니 당연히 노발대발하며 보상해달라고 할 줄 알았는데 오히려 사과를 했으니 말입니다. 참으로 훈훈한 장면이었다고 합니다.

이 광경을 목격한 한 행인이 이 아름다운 이야기를 회사 홍보실에 전했고 그 회사는 전액 무료로 이 차를 수리해 주었다고 합니다.

저는 이 이야기를 듣고 많은 감동을 받았습니다. 먼저, 찢어지게 어려운 형편에도 불구하고 도망치지 않고 차주에게 연락하여 자신의 실수를 알린 할머니의 정직한 마음에 감동을 받았습니다. 그리고 자신의 비싼 외제차보다 오히려 할머니와 손자를 먼저 생각하는 차주의 마음에 또 한번 깊은 감동을 받았습니다. 나아가 이런 아름다운 분들의 마음을 헤아려 무상으로 차를 수리해준 회사의 배려에도 훈훈한 감동을 받았습니다. 이런 분들이야말로 정직과 배려가 무엇인지 잘 아는 사람들이며 또한 아름다운 사람이라는 생각이 들었습니다.

요즘 사회를 두고 많은 사람들이 도덕이 결여되고 스승과 어른이 없는 시대라고 합니다만 꼭 그렇지는 않습니다. 우리가 사는 세상에는 아름다운 일과 착한 일들이 도처에서 매일 일어나고 있습니다. 자극적인 나쁜 소식에 가려 잘 알려지지 않았을 뿐이지요.

부처님께서는 세상에서 가장 아름다운 일은 나를 낮추는 '하심(下心)'이라고 하셨습니다. 하심은 내가 최고라는 '아만심(我慢心)'을 버리는 것입니다. 즉 아상(我相)을 지워야만 생깁니다. 도망치지 않고 차주에게 자신의 실수를 알린 할머니, 망가진 차보다 할머니와 손자를 먼저 생각한 차주의 마음이야말로, 바로 남을 위한 배려이며 하심의 발로인 것입니다.

생각보다 세상은 아름답다

산사에 첫 눈이 내립니다.
장독대에 산토끼가 기웃거리다가
스님의 인기척에 놀라 달아납니다.

가만히 서서
산토끼가 밟고 지나간
여리고 여린 발자국을 유심히 봅니다.

하, 그 작고 귀여운 발자국,
자연이 남긴 그 아름다운 흔적을
바라보다가
행여, 산토끼가 그려놓은
산색(山色)이 사라질까봐
그만, 빗질을 멈춥니다.

그렇습니다.

우리가 사는 세상은 산토끼의 발자국처럼

생각보다 아름답고

생각보다 맑고 고요하며

생각보다 사랑해야 할 게 너무 많습니다.

몸과 마음을 다한 사랑

오래 전 남편을 사별하고 새로운 남성을 만난 한 여인이 있습니다. 그동안 마음 둘 곳이 없던 그녀는 인생의 좋은 도반을 만난 것 같아 잠시 행복했다고 합니다. 차도 마시고 이런저런 대화를 나누는 시간이 참 좋았습니다. 하지만 행복도 잠시, 그녀는 고민에 빠졌습니다. 만남의 횟수가 거듭될수록 남성이 성적인 관계를 요구해 왔기 때문입니다. 그래서 생각 끝에 이것이 진실한 사랑일까 고민하다가 저에게 찾아왔습니다.

"사랑에 있어 꼭 육체적인 관계가 있어야만 하나요. 마음으로만 사랑하면 안 되나요?"

앞에서도 말했지만 출가자인 스님에게 가장 당황스러운 질문이 바로 이런 것들입니다. 하지만 제 대답은 명쾌합니다. 남녀가 이성으로 만난다면 육체적인 관계는 필연적인 것입니다. 남녀가 만나 사랑을 한다는 건 육체적인 관계와 마음의 결합이 동시에 이루어지는 행위입니다. 만일, 육체적인 관계를 하지 않는다면 굳이 남자를 만날 필요도 없는 것이 아닌가요. 정신적인 위로를 구하고자 한다면 동성도 있고 또한 종교적인 힘을 빌어도 되니까요.

중요한 것은 그 남자를 받아들이는 마음입니다. 나는 왜 그 남자를 사랑하고 있고 어떤 점이 좋아서 그 남자를 만나고 있는가를 다시 한 번 자기 자신에게 물어 볼 필요가 있습니다. 또 그 사람이 나를 육체뿐 아니라 진실한 마음으로 사랑하는 가를 파악하는 것이 중요합니다. 진정으로 나와 그가 서로를 사랑하고 있다면 더욱 몸과 마음을 다해 사랑해야 합니다. 남녀 간에는 몸의 결합이 없는 사랑이 있을 수 없고 또한 마음의 결합이 없는 사랑도 있을 수 없기 때문입니다.

부처님께서는 경전에서 이렇게 말씀하셨습니다.

'부부가 있으면 자녀가 있고, 자녀가 있으면 삶과 죽음이 있고, 삶과 죽음이 있으면 괴로움이 있다."

여기에서 부부란 바로 남녀를 뜻하고, 자녀가 있다는 것은 바로 남녀간의 성애(性愛)를 뜻합니다. 즉, 사랑에는 반드시 괴로움이 생겨난다는 것을 설법한 내용이라 할 수 있습니다. 그러므로 누군가를 사랑하는 순간, 그러한 갈등과 괴로움이 생기는 것은 당연한 일입니다.

원한은 내 마음에 쌓이는 독

한때 사랑했던 사람보다도 평생 잊을 수 없는 게 원수라고 합니다. 원한을 가진 사람에 대한 미움은 그렇게도 깊은 것이지요.

한 세월 살다 보면 누구나 용서할 수 없는 사람이 한 두 사람은 있습니다. 상처를 주었던 사람, 배신했던 사람, 손해를 끼친 사람…. 얼마 전 친구와 함께 사업을 하다가 친구의 배신으로 망한 분이 찾아 왔습니다. 세월이 흐를 만큼 흘렀는데도 아직 그 친구에 대한 원망이 사라지지 않는다고 했습니다. 분노와 배신감에 매일 술을 마시다보니 이제는 건강마저 잃어버리고 심신이 피폐해질 대로 피폐해졌다고 합니다. 이 안타까운 심정을 어떻게 해야 할까요?

원한에 관해서 경전『잡비유경(雜譬喻經)』속에는 다음과 일화가 있습니다. 한 화가와 한 조각가가 있었습니다. 그 두 사람은 서로 자신이 이 세상에서 가장 뛰어난 화가이며 조각가라고 생각했습니다. 그래서 두 사람은 늘 서로가 최고라고 생각했습니다.

어느 날 화가가 조각가의 집에 가서 술에 취해 있다가 깨어났는데 옆에는 너무도 아리따운 여인이 그의 곁에 있었습니다. 그는 그 미모에 이끌려 여인을 안았는데 자세히 보니 정교하게 조각된 여인상이었습니다. 조각가가 화가를 골려주기 위해 여인상을 조각한 것이었습니다. 화가는 자신을 농락한 조각가에게 화가 나서 자신도 정교한 그림을 그렸습니다.

조각가는 다음 날 자신의 집에 머문 화가가 깨어났는지 가서 살펴보았습니다. 그런데 멀리서 보니 화가가 목을 매고 죽은 것을 보았습니다. 황급히 방문을 열려고 하자 방문은 굳게 닫혀 있어 문을 부수고 들어갔습니다. 그런데 가까이 가서 보자 그것은 화가가 벽면에 그려 놓은 정교한 그림이었습니다.

말하자면 서로가 복수를 했던 겁니다. 그 순간 부처님은 "세상 사람들은 모두 이런 식으로 속고 속이면서 원한을 쌓아간다."고 하셨습니다. 서로가 원한을 쌓는 것은 또 다른 원한을 낳는다는 걸 강조하기 위한 부처님의 설법이라 할 수 있습니다.

원한을 원한으로 갚는 것은 옳지 않는 방법입니다. 무엇보다 스스로의 마음에 독이 쌓여 결국엔 자신에게 화가 미칩니다.

남편이 아내를 용서하고 아내가 남편을 용서하고 부모가 자식을 용서하고 자식이 부모를 용서하면서 우리는 날마다 살아가야 합니다. 이러한 인연의 고리 속에서 사는 게 이 세상입니다. 자신을 망하게 한 친구를 용서하는 것이 쉽지는 않겠지만 그것만이 스스로를 위한 길입니다.

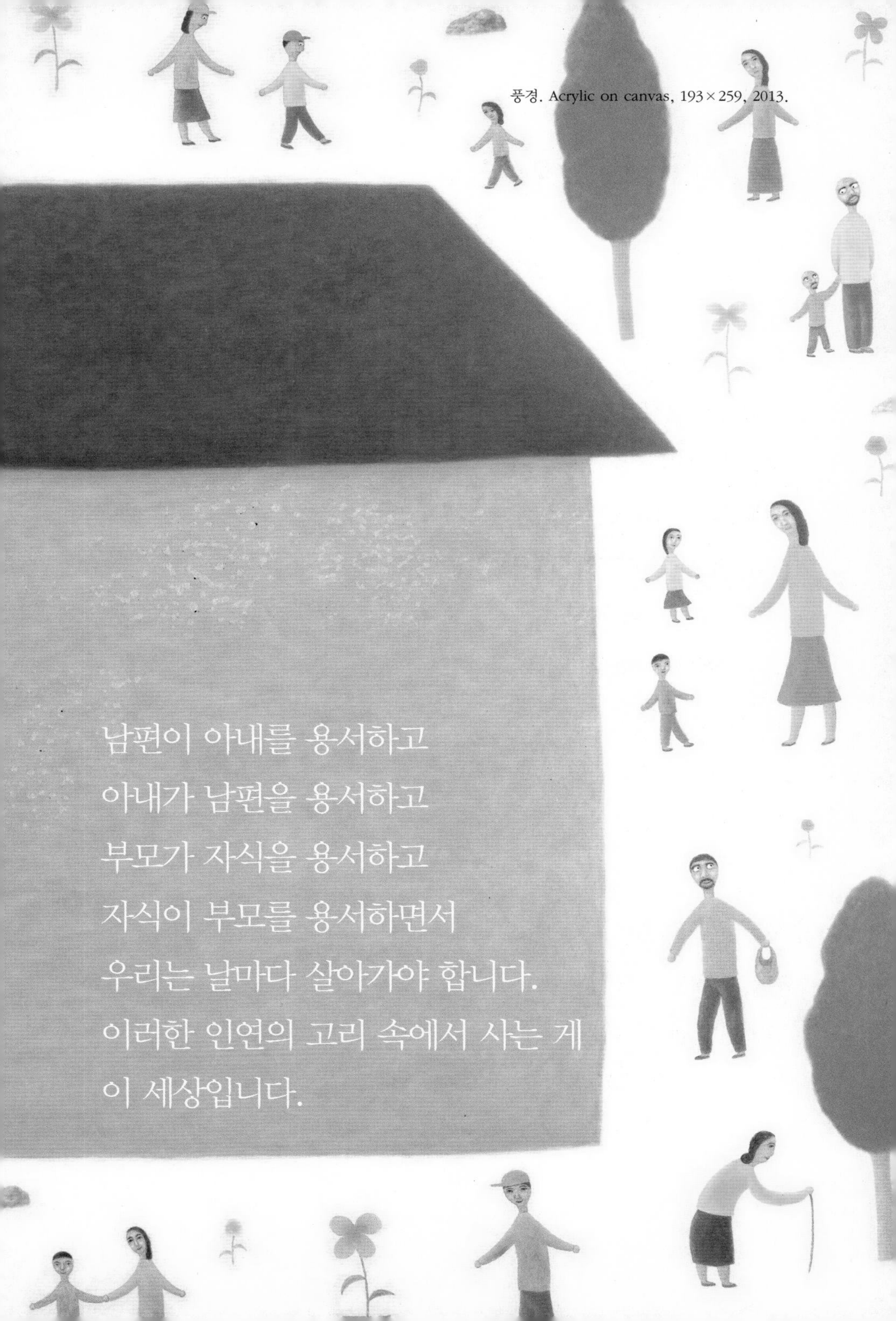
풍경. Acrylic on canvas, 193×259, 2013.

남편이 아내를 용서하고
아내가 남편을 용서하고
부모가 자식을 용서하고
자식이 부모를 용서하면서
우리는 날마다 살아가야 합니다.
이러한 인연의 고리 속에서 사는 게
이 세상입니다.

고운 말, 따뜻한 말

물에게도 의식이 있고
아름다운 결정이 있다고 합니다.
그릇에 맑은 물을 가득 채우고
베토벤의 아름다운 선율을 흐르게 하면
물의 결정도 아름다워진다는 것을,
과학자들은 실험 끝에
밝혀내었다고 합니다.
반대로 물 앞에서
시끄러운 소리를 내거나 오염되면
물의 결정도 흐트러진다고 합니다.

물도 고운 말과 나쁜 말을 아는데
하물며 사람이야 어떻겠습니까?
남에게 말을 할 때는
항상 고운 말, 따뜻한 말을 써야 합니다.

그래야만 그대의 마음도

아름다운 결정을 이룰 수 있습니다.

그대의 말은 도끼인가, 봄별인가?

말이 너무 많은 세상입니다. 휴대폰을 켜거나 컴퓨터를 켜면 너무 많은 말들이 쏟아지고 무엇이 진실이고 거짓인지 힘든 시대에 살고 있습니다. 그로 인해 당하는 정신적인 고통 또한 너무나 많습니다. 한 번쯤 말이 없는 곳으로 가서 살고 싶을 때가 있습니다. 9시 뉴스가 없는 곳으로 가서 살고 싶을 때도 있습니다. 그러나 소통의 시대에 불소통으로 산다는 것도 엄청난 고통입니다. 이런 시대에 현명하게 사는 유일한 방법은 자신의 입을 제대로 다스리는 것입니다.

옛말에 '웅변은 은이고 침묵은 금'이라는 말씀이 있습니다. 말이 많은 사람을 경계하고 스스로도 말조심을 하라는 어른들의 말씀이겠지요. 하지만 더불어 살아가는 이 세상 속에서 말을 하지 않고는 하루도 살 수 없습니다. 문제는 자기가 하고 싶은 말을 아무런 여과 없이, 시간과 장소를 가리지 않고, 너무도 무심코 내뱉어버린다는 데에 있습니다.

우리가 내뱉는 말 속에는 분명히 해야 할 말과 쓸데없는 말이 있습니다. 그런데도 그것을 분간하지 않고 내뱉어 버리는 바람에 남편과 아내, 친구와 이웃 간에 걷잡을 수 없는 큰 다툼을 벌이게 되는 것을 심심찮게 보게 됩니다.

『법구경(法句經)』에 보면 '입안에 도끼가 있다'는 구절이 있습니다. 우리가 혀를 통해 하는 말이 얼마나 무서우면 날선 도끼로 표현을 했을까요?

부처님은 제자들이나 세속의 사람들에게 설법을 하실 때 항상 상대방에게 깊은 존경심을 표하셨습니다. 이를 두고 '아문(我聞)'이라고 하는데 설법을 하시거나 질문을 던질 때도 반드시 "나의 생각은 이러한데 너의 생각은 어떠한가?"라고 물었다고 합니다.

이를 한 번쯤 되새겨 보세요. 이러한 자세를 항상 지니는 사람은 위로는 신임을 얻고 아래로는 존경을 받고, 좋은 사람과 친구들이 주위에 넘쳐나고 가족 간에도 우애가 깊어집니다.

자신이 하고 싶은 말을 한 번쯤 마음을 통해 걸러보세요. 자신이 인격체라면 상대방도 인격체입니다. 자신이 존경을 받으려면 상대방도 존경해야만 합니다. 이것이 세상을 올바르게 사는 방법입니다. 아무리 화가 나더라도 상대방을 이해시키는 방법은 얼마든지 있습니다. 상대방의 마음을 조금이라도 헤아리고 이해하는 자세를 가지세요. 그럴 수 없다면 다툼의 현장을 잠시 떠나 있거나 차라리 침묵하는 것도 좋은 방법입니다. 시간이 지나면 어차피 모든 것은 제자리로 돌아오니까요.

그대의 말은 날이 선 도끼인가요, 따사로운 봄볕인가요?

극락과 지옥은 한 생각 차이

"마음 안에 극락이 있고 지옥이 있다."고 합니다. 사실 이 말은 깊은 사유를 요구합니다. 어떤 마음이 극락이고 지옥일까요?

부처님께서는 지옥과 극락을 보고 오셨다고 합니다. 지옥으로 가보았더니 큰 식탁 사이에 많은 사람들이 밥을 먹고 있었는데 야위어서 몸에 뼈만 앙상했습니다. 그런데 이상한 건 식탁에 많은 음식들이 있는데도 모두가 병들고 쇠약해 있었던 것입니다. 수저가 아주 길어서 맛있는 음식이 있는데도 이를 먹지 못했던 겁니다.

다시 극락으로 가 보았더니 큰 식탁 사이에 많은 사람들이 똑같이 밥을 먹고 있었는데 모두가 얼굴에 살이 찌고 건강했습니다. 극락의 사람들도 지옥과 같이 수저가 아주 길었습니다. 그런데 지옥의 사람들과는 달리 긴 수저를 이용해서 서로의 입에 음식을 넣어주면서 맛있게 음식을 먹고 있었던 것입니다.

이 이야기가 우리에게 던져주는 교훈은 무엇일까요? 지옥에는 오직 자신의 욕심만을 채우기 급급한 사람들이 살고, 극락에는 서로를 배려해 주는 마음을 가진 사람들이 살고 있었다는 사실입니다. 그 생각의 차이가 지옥과 극락을 갈랐던 것입니다.

삶의 지혜는 비록 어려운 여건 속에 있더라도 긍정적인 생각에서 흘러나옵니다. 매사에 남을 배려하고 긍정적인 시각을 지니고 있는 사람은 극락에 사는 것이고, 모든 것을 자신만 옳고 남을 부정적으로 보는 사람은 지옥에 사는 사람입니다. 그래서 세상을 보되, 항상 긍정적인 생각으로 바라보아야 한다는 것입니다.

물처럼 사는 마음

"잠을 못 드는 사람에게 밤은 길고, 피곤한 나그네에게 길이 멀듯이, 진리를 모르는 사람에게는 인생의 밤길은 멀고 험하여라."

불교의 영원한 베스트셀러인 『법구경』에 담긴 진리의 말씀입니다. 이 경전은 중인도의 승려였던 법구(法救)가 인생의 지침이 될 시구들을 모아 편찬한 책으로, 원시경전 중 하나입니다. 구절은 시처럼 짧고 소박하지만 읽는 사람에게 깊은 감동을 주고 있어서 오늘날에도 널리 읽힐 정도로 진리의 세계가 가득한 책이지요. 놀라운 건 심미(深味)한 내용 때문에 서양인들에 의해 오래 전부터 영역(英譯)되어 널리 전파되었는데 가장 오래된 건 1881년 M. 뮐러의 의해 출간된 『담마파사』 입니다.

진리를 모르고 사는 사람에겐 인생이라는 기나긴 밤길은 그저 멀고 험할 수밖에 없습니다. 우리가 인생이라는 멀고 험한 길을 스스로 벗어나기 위해서는 어떤 진리를 깨닫고 어떻게 살아야 할까요?

진리라는 게 굉장히 어려운 말인 것 같지만 사실 간단합니다. 그저 물처럼 흐르면서 사는 것입니다. 물은 생명을 만들어주기도 하고 더러운 것을 씻어주기도 하지만 절대로 거만하지 않습니다. 너무 흔해서 귀하다는 걸 사람들은 모릅니다. 물은 생긴 그릇대로 머물고, 길이 생긴 대로 흘러갈 뿐, 절대로 거부하지도 않습니다. 또한 자리를 탓하지도 않습니다.

우리의 마음을 물처럼 깨끗하게 써야 합니다. 거만해서도 안 되고, 자리를 탓해도 안 되고, 조건을 탓해도 안 됩니다.

물이 이것저것 가리지 않고 그냥 있는 그대로 받아들이듯이 좀 손해 보는 마음으로 인연을 받아들일 줄 아는 인생을 살아야 합니다. 이것이 진리의 길로 가는 참된 행(行)입니다. 손해는 그저 일시적인 것일 뿐, 때가 되면 그 손해가 자신에게 몇 곱의 이익으로 돌아옵니다. 영원한 손해란 없습니다.

사람을 보는 참된 눈

어떤 마을에 예전에는 아주 큰 부자였으나 가세가 기울어 몹시 가난하게 사는 사람이 있었습니다. 마을의 모든 사람들과 심지어 친척들마저 그를 돕기는커녕 업신여기기까지 했습니다. 그는 하는 수 없이 고향을 떠나 타지로 갔습니다. 그리고 죽을힘을 다해 열심히 일한 끝에 몇 년 만에 큰부자가 되어 마침내 고향으로 돌아오게 되었습니다.

그가 큰부자가 되어 금의환향한다는 소식을 들은 마을 사람들과 친척들이 모두 그를 마중 나왔습니다. 그는 일부러 누더기 옷을 입고 행렬의 맨 앞에 서서 걷고 있었습니다.

마을 사람들은 그를 알아보지 못하고

"주인님은 어디 계시는가?" 하고 물었습니다.

"저 맨 뒤에 오는 분이 그 분이옵니다."

사람들은 긴 행렬의 뒤로 달려갔습니다.

"주인님은 어디에 계시는가."

하인들이 대답했습니다.

"저 맨 앞에서 헌 누더기를 입고 걷고 있는 분이 바로 주인님입니다."

친척들과 사람들은 다시 헌 누더기를 입은 사람에게 달려가서 자세히 보니 그가 틀림없었습니다.

"우리는 당신을 영접하기 위해 일부러 나와 기다렸는데 어찌하여 거짓말을 했는가."

"그대들은 나를 기다린 게 아니라 행렬의 끝에 있는 수레의 많은 재물들을 기다린 것이 아닙니까? 그러니 영접을 받아야 할 건 바로 내가 아니라 수레에 실린 재물입니다."

이것은 『대장엄론경(大莊嚴論經)』에 있는 이야기입니다. 명예가 없고 가난하다고 해서 함부로 사람을 업신여겨서는 안 된다는 경책이라 할 수 있습니다.

우리는 물질에 대한 탐욕을 늘 경계하여야 합니다. 이러한 교훈은 예나 지금이나 마찬가지이지만 물질만능주의가 팽배한 현대에 더 유념해야 할 말씀입니다. 명예가 없다고, 가진 게 없다고, 다른 사람을 함부로 비하하거나 따돌리는 건 참된 인생이 아닙니다.

마음을 청정하게 비우면 세상을 보는 안목이 달라집니다. 세상을 바꾸려 하지 말고 세상을 보는 자신의 안목을 바꾸어야 합니다. 집착하면 할수록 달아나는 게 바로 재물입니다. 물질에 대한 집착이나 그 환경을 초월할 줄 알아야만 제대로 눈이 열리고 마음이 편안해집니다. 당신은 사람을 바라볼 때 무엇을 보나요?

세상을 사는 힘

이 세상은 자기가 하고 싶은 일들을
모두 다 하고 살 수는 없으며
또한 마음먹은 대로 되지도 않습니다.
중요한 건 어떻게
내가 이 세상을 더불어 살아가면서
내 마음을 행복으로 이끄는가에
달려 있습니다.

삶 속에 시(詩)가 있는 사람

가끔 자신은 아직 집 한 채 없다고, 그래서 행복하지 못하다고 푸념하는 분들을 만납니다. 그럴 때마다 그들에게 묻고 싶은 것이 하나 있습니다.

"당신은 행복의 가치를 어디에 두고 있는가?"

물론 남들보다 성공하고 풍족하게 살고 싶은 것은 모든 사람의 바람입니다. 그것은 어찌 보면 인지상정이라고 할 수 있지요. 열심히 노력해 그와 같은 부와 성공을 이루고, 또 그것을 베풀 수 있는 사람이 된다면 바랄나위 없겠지요. 하지만 성공한 사람이, 명예를 얻은 사람이, 부자들이 반드시 행복할까요? 인간의 욕망이란 바닷물을 마시는 것과 같아서 가지면 가질수록 더 목이 마르고, 가진 만큼 그것을 지키기 위한 번뇌의 크기도 비례할 수밖에 없습니다. 주식이 떨어져도 고민이고, 자식들이 재산 때문에 싸우는 것도 불행입니다.

제가 아는 한 여성분은 자수성가한 중소기업 사장인데, 이 분이 참 재미있는 말씀을 하셨습니다. 일을 하느라 늦은 나이인 지금까지 독신으로 사셨는데, 지금은 결혼을 하고 싶어도 남자들이 혹시 자신의 재산을 보고 접근하는 것이 아닌가 싶어 선뜻 마음을 열기가 어렵다는 것입니다. 가난하고 어려운 시절에는 자신을 사랑하는 사람들의 진심을 한 번도 의심해 본 적이 없고, 그럴 필요도 없었는데 말이지요. 게다가 동생이나 가족들이 자신에게 잘해주는 것도 어쩌면 자신의 재산 때문이 아닌가 싶어 늘 마음이 불편하다는 것입니다.

"어찌 보면 없이 살았던 그 시절이 오히려 마음도 편하고 따뜻했던 것 같습니다. 스님!"

그렇습니다. 지킬 게 많아지면 우리는 그것을 지키는 데 자신의 많은 에너지를 쏟게 됩니다. 그리고 마음이 의심으로 황폐해져서 어느덧 누구를 만나도 무엇을 해도 행복하지 않게 됩니다.

인도의 성자 라즈니쉬는 진정으로 부유한 사람은 "삶 속에 시가 있는 사람, 삶 속에 침묵이 있는 사람, 삶 속에 뿌리가 있고 삶 속에 축제가 있고 내면의 정원에 꽃이 만발한 사람이다."라고 했습니다.

이 말을 가만히 음미해 보세요. 도대체 무슨 뜻일까요? '삶 속에 시가 있다'라는 말은 곧 '시와 같은 따뜻한 마음을 가진 사람'이라는 뜻이고 '삶 속에 침묵이 있다'라는 말은 '해야 할 말과 하지 말아야 할 말을 가려서 하는 사람'이란 뜻이며 '삶 속에 뿌리가 있다'

라는 말은 '자신이 가야 할 방향을 제대로 알고 열심히 살며 스스로 기쁨의 축제를 느끼는 사람'이란 뜻입니다. 이런 사람의 정원에 꽃이 만발한 것은 당연합니다. 진정으로 행복한 사람은 살아가면서 남과 자신을 위해 베푸는 마음을 가진 사람입니다.

스님인 저에게는 집에 대한 개념이 없습니다. 만행을 떠나 수행처가 마련되면 곧 그곳이 바로 저의 집이지요. 스님들에겐 세상의 모든 절이 집입니다. 세속의 사람들과 비교할 수는 없지만 집이란 그다지 행복의 기준이 되지 못한다는 뜻입니다.

집이 없어서 행복하지 않다는 건 행복의 모든 기준을 물질에 두는 스스로의 '빈곤한 마음' 때문입니다. 즉 물질의 빈곤함이 아니라 마음의 빈곤함입니다. 십억 가진 사람은 백억 가진 사람에 비해 자신이 빈곤하다고 느낍니다. 백억 가진 사람은 천억 가진 사람에 비해 빈곤하다고 느낍니다. 빈곤은 절대적인 것이 아니라 상대적인 것입니다. 모든 것이 마음의 문제입니다. 그러므로 내 집이 '있다, 없다'는 것이 행복의 기준이 될 수는 없다는 말입니다.

이 세상에는 집이 있는 사람들보다 없는 사람들이 더 많습니다. 평생 집 한 채 마련하지 못하고 세상을 떠나는 사람들도 있습니다. 내 집이냐 전셋집이냐 월세집이냐가 문제가 아니라 '남들보다 못하다 혹은 가난하다'는 내 마음의 빈곤이 더 문제가 아닐까요?

삶 속에 시가 있는 사람, 삶 속에 뿌리가 있는 사람이 되세요. 삶 속에 축제가 있고 내면의 정원에 꽃이 만발한 사람이 되세요. 세상 도처가 내 집이며, 누구보다 큰 마음 속의 집을 짓게 될 겁니다.

이 세상에 내 것이란 없다

옛날, 중국의 한 지방에 도림선사라는 도가 높은 스님이 계셨습니다. 그 지방 자사로 부임한 백낙천이 스님의 명성을 듣고 찾아갔습니다. 당대의 문장가로 유명했던 그는 세간으로부터 존경을 받고 있는 스님을 시험해보고 싶은 마음이 은근히 있었던 것입니다.

그때 도림선사는 나뭇가지 위에 올라가서 마치 새의 둥지처럼 좌선을 하고 있었습니다. 이를 본 백낙천은 혹시 스님이 떨어지지는 않을까 마음이 조마조마해 소리쳤습니다.

"스님, 너무 위험하니 내려오시오."

도림선사는 그 소리를 듣고 반문했습니다.

"내가 보기엔 자네가 더 위험하네."

백낙천은 그 소리를 듣고 어이가 없었습니다.

"스님, 나는 벼슬이 자사에 올라 강산을 진압하고, 또 이렇게 안전한 땅을 밟고 있거늘 무엇이 위험하단 말이오?"

도림선사가 다시 말하였습니다.

"티끌 같은 지식으로 교만만 늘어 번뇌가 끝이 없고, 탐욕의 불

길이 쉬지 않으니 어찌 위험하지 않은가?"

백낙천은 도림선사의 말을 듣고서는 옹졸했던 자신이 갑자기 부끄러워졌습니다. 높은 벼슬과 권력에서 언제 떨어질까 전전긍긍하는 자신이 위험하지, 아무 벼슬도 없는 스님이 위험할 건 없다는 말이었습니다. 땅으로 내려온 도림선사에게 백낙천은 크게 느낀 바가 있어 다시 이렇게 물었습니다.

"가르침의 대의(大義)는 무엇입니까?"

"나쁜 일 하지 말고 좋은 일 많이 해서 마음을 깨끗이 닦아가는 것, 이것이 참수행이니라."

"그거야 삼척동자도 다 아는 사실이 아니오?"

그 순간 백낙천은 크게 실망했습니다. 대단한 법문이 나올 줄 알았는데 너무나도 평범한 말이어서 신통치 않다는 듯 돌아서려는데, 그 뒤통수에 대고 도림선사는 이렇게 말하였습니다.

"삼척동자도 다 아는 사실이지만, 팔십 노인도 행하기는 어려운 일이라네."

우리는 이 이야기를 듣고 무엇을 느낄 수 있나요. 백낙천처럼 늘 자신의 명예와 권력에 집착하고 있지는 않나요? 집착하면 할수록 달아나는 게 재물과 권력과 명예입니다. 인생이란 내 것과 내 것이 아닌 걸 알아가는 공부입니다.

지금 가만히 눈을 감고 이 세상에 과연 내 것이 얼마나 되는 가를 생각해보세요. 남편도 내 것이 아니요, 아내도 자식도 내 것이 아닙니다. 내가 가진 집도 명예도 권력도 어느 것 하나 온전한 내 것은 아닙니다.

당신이 밟고 다니는 땅도, 타고 다니는 차도 당신 게 아닙니다. 그러니 가지려고 하지 마세요. 이 세상에서 가장 온전한 내 것은 번뇌와 아집으로 똘똘 뭉친 자신의 몸과 마음뿐입니다. 이를 자각한다면 저 푸른 하늘과 숲, 새소리와 바람소리, 맑은 공기, 이 세상의 모든 것이 오히려 내 것으로 다가올 겁니다.

왜 사는 지도 모르고

어디로 가는지도

모르는 마음

그 모르는 마음을

찾아 떠나는

더디고 안타까운 여행이

우리의 인생이다.

4

모르는 마음

풍경(부분). Acrylic on canvas, 91×116, 2008.

죽음조차도 놓아버려라

어제 왔다 오늘 가는 것이 인생입니다.
사랑하다 미워하는 것이 인생입니다.
올라갔다 내려오는 것이 인생입니다
만났다가 헤어지는 것이 인생입니다.

삶이 있으므로
죽음이 있습니다.

죽음을 붙잡지 마세요.

삶과 죽음은 둘이 아닌 하나

죽음이란 무엇인가요. 그대를 기억하고 있던 사람이 곁을 떠났다는 말입니다. 아니 내가 기억하고 있던 사람이 내 곁을 떠났다는 말입니다. 우리는 누구나 살면서 이런 이별을 피할 수 없습니다. 사랑하는 가족, 사랑하는 연인, 사랑하는 친구의 죽음…. 많은 사람이 이 참담한 고통에 무너지고 몸부림칩니다. 하지만 그것이 인생입니다. 생즉필멸(生卽必滅), 만물의 이치입니다. 그러므로 받아들여야 합니다. 그 죽음조차도 훌훌 놓아버려야 합니다.

한 번은 아내를 교통사고로 잃은 한 대학교수가 저를 찾아왔습니다. 일면식도 없던 분인데 너무도 큰 고통에 빠져 있었습니다. 그의 아내는 겨우 마흔 남짓 했고 두 아들을 두고 있었습니다.

"스님, 얼마 전 아내가 눈 내리는 날 직장에서 귀가하던 길에 교통사고를 당해 갑자기 절명하고 말았습니다. 아내가 너무나 그리워서 삶의 의욕도 없고 하던 일도 제대로 할 수가 없습니다. 어찌해야 할까요."

저는 아무런 말도 할 수 없었습니다. 그저 그의 빈 잔에 차를 따라 건넬 뿐, 무슨 말을 한 들 그에게 위로가 될 수 있을까요. 한참을 그렇게 말없이 차담(茶啖)을 나누다가 저는 그 분께 경전에 나온 한 여인의 이야기를 들려드렸습니다.

어느 날 부처님에게 한 여인이 죽은 아이를 안고 찾아와 간청하였습니다.

"부처님 저의 아들이 갑자기 죽었습니다. 제 아들을 살려주십시오."

부처님이 말씀하셨습니다.

"아들을 살려줄 테니 내가 시키는 대로 하겠느냐."

여인은 귀가 번쩍 띄었습니다.

"부처님 제 아들만 살려주신다면 무슨 일이든 다 하겠습니다"

"내가 지금 이를 테니 마을에 가서 쌀을 좀 얻어 오거라. 그런데 죽은 사람이 한 사람도 없는 집에서만 쌀을 얻어 와야 한다."

가만히 생각해 보니 죽은 아들을 살릴 수 있는 일이 너무도 간단하다는 생각이 들어 여인은 바삐 마을의 집들을 찾아갔습니다. 그런데 온 마을의 집을 다 돌아다녀도 한 줌의 쌀도 얻지를 못했습니다. 그 어떤 집도 죽지 않은 사람이 없었기 때문입니다.

여인은 그제야 자신의 아들만 죽은 게 아니라는 걸 깨달았습니다. 그리고 아들의 죽음을 받아들이고 비로소 깊은 슬픔에서 벗어날 수 있었다고 합니다. 부처님께서는 이 세상의 어떤 사람도 죽음을 피할 수 없다는 걸 알려주시고자 하신 것이지요.

그 분은 제 이야기를 묵묵히 듣고 있다가 말없이 일어나 삼배를 하고 가셨습니다. 오실 때보다는 조금 평안해진 얼굴이셨지요.

이 세상에서 가장 슬픈 일은 사랑하는 사람이나 가족이 세상을 떠난 일입니다. 더구나 건강하던 사람이 갑자기 세상을 떠났다면 그 슬픔과 충격은 말로 다 표현할 수 없을 겁니다. 그러나 어쩔 수 없이 잊어야 합니다. 떠난 사람은 떠난 사람이고 남은 사람은 살아야 하기 때문입니다.

너무 염려하지 마세요. 슬픔도 언젠가는 끝납니다. 죽음도 하나의 집착입니다. 죽음조차 놓아버려야 합니다. 삶과 죽음은 둘이 아닌 하나니까요.

마음을 깨끗이 하면

몸과 마음을 깨끗하게 하면
잡념이 생기지 않습니다.
잡념이 많아지게 되면 망상이 생기게 되고
자신의 본분마저 잃어버립니다.

몸과 마음을 깨끗하게 한다는 건
무엇을 어떻게 하라는 것일까요?
내 몸에 붙어 있는
안(眼) · 이(耳) · 비(鼻) · 설(舌) · 신(身) · 의(意)
눈 · 귀 · 코 · 혀 · 몸 · 생각인
육근(六根)을 항상 청정하게
유지하는 걸 뜻합니다.

자신의 의지와는 상관없이
눈은 항상 좋은 것만 보려고 하고

귀는 좋은 소리만 들으려 하고
코는 좋은 향기만 맡으려 하고
입은 맛있는 것만 먹으려 하고
몸은 쾌락만을 원하기 때문입니다.

이 여섯 가지를 움직이는 건
나의 주인공인 마음입니다.
마음을 깨끗하게 하면 자연스럽게
몸도 깨끗해집니다.
진정으로 육근을 깨끗하게 하면
나를 참되게 하는 길이며
몸을 깨끗하게 하는 길입니다.

출가의 길

저는 코흘리개 열네 살에 스님이 되었습니다. 배고픈 시절이라 입 하나 덜기 위해 친척의 손을 잡고 산문(山門)에 들어섰던 겁니다.

큰 강물에 돌을 던지듯이 승려의 길은 참으로 험난했습니다. 새벽 세 시에 일어나 예불을 드리고, 눈 내린 절 마당을 청소하고, 시린 손으로 빨래를 했습니다.

어머니가 보고 싶었지만 출가자의 몸은 세속의 인연들을 모두 끊어야 한다는 큰스님의 말씀에 그리움을 속절없이 마음으로만 삭이고 삭여야만 했습니다.

차마 그와 같은 그리움을 어찌 말로 다 풀 수가 있겠습니까? 어떤 때는 산사에서 뜨고 지는 해를 바라보며 하염없이 눈물을 흘려야만 했습니다.

열아홉 살 때인가 봅니다. 문득 어머니가 수백 리 길을 지나 제가 머물고 있는 도선사로 찾아왔었지요. 그저 복받쳐 흐르는 눈물을 안으로만 삼키고 또 삼키면서도 어머니라 부르지 못했습니다. 지금 생각하면 그 때가 정말 후회스럽습니다.

이제 오십 년의 세월이 흘렀습니다. 생각해 보면, 출가의 길은 세속의 모든 인연들을 끊어 내고 마음의 번뇌를 끊어 내는 참으로 지난한 길임을 새삼 느낍니다.

마음자리

‘마음자리’라는 말이 있습니다.
이것은 착하고 바른 마음이 머무는 자리라는 뜻으로,
자신의 마음을 찾아 잘 다스리라는 말씀입니다.

이 세상은 자신이 생각하는 것보다
훨씬 깊고 넓으며
때론 자신의 의지대로 움직이지 않는 것이
너무도 많습니다.
눈만 뜨면 수많은 아픔과 수많은 어려움이
시도 때도 없이 거친 파도로 밀려옵니다.

몸과 마음이 허약한 사람은
세상사 그 거친 파도에 쉽게 휩쓸려가지만
자신의 마음을 잘 다스리는 사람은
능히 그 파도를 타고

대양으로 나아갈 수 있습니다.

아침에 일어나면
자고 난 잠자리의 이부자리를 개듯이
항상 자신의 마음자리를 잘 살피고
하루를 시작하세요.
당신의 하루가
행복으로 가득해질 겁니다.

번뇌를 일으키는 세 가지 독(毒)

불교 용어 중에 가장 흔히 쓰이는 단어가 바로 '번뇌'라는 말입니다. 어쩌면 종교가 존재하는 이유도 삶이 가진 '번뇌'를 해소하여 마음의 행복을 얻는 데 있다고 볼 수 있지요. 번뇌는 산스크리트어로 '크레샤(klesa)'라고 합니다. 이를 풀이하면 '자신의 마음을 더럽히는 것' 혹은 '자신의 마음을 괴롭히는 것'을 뜻합니다.

그렇다면 이렇게 우리의 마음을 괴롭히는 '번뇌'는 왜 일어나는 것일까요? 그 원인은 무엇일까요? 물론 이루 헤아릴 수 없이 많겠지만, 불교에서는 자신이 저지른 업과 그 업으로 인해 번뇌가 일어난다고 합니다.

예를 들어 남에게 거짓말을 하거나 욕설을 하거나 나쁜 짓을 했을 때 왠지 모르게 마음이 불편해지고 고통스러워지는 경험을 하신 적이 있지요? 이것이 업이고, 번뇌를 만드는 원인입니다. 고로 번뇌는 누가 만들어 주는 게 아니라 자신의 행위로 인해 만들어지는 것이라 할 수 있습니다. 그렇다면 그 원인을 안 일으키면 간단한 것인데, 왜 우리 인간들은 스스로 끊임없이 번뇌를 만드는 것일까요?

그것은 우리 인간이 가진 육근(六根)의 욕심 때문입니다. 이를 두고 '육근본번뇌(六根本煩惱)'라고 합니다. 육근이란 '안이비설신의(眼耳鼻舌身意)', 즉 눈 · 코 · 입 · 혀 · 몸 · 마음을 말하고, 본(本)이란 본래부터라는 의미를 내포하고 있습니다. 경전에서는 이것들이 좋은 것만 찾아다니는 '일곱 도둑놈'이라고 합니다. 또 이 일곱 도둑놈이 작용하여 다시 탐진치(貪瞋癡) 삼독이 생깁니다.

탐(貪)은 탐욕입니다. 사람이나 사물에 대한 집착, 탐심, 욕망을 두고 말합니다. 진(瞋)은 진에라고 하는데 사물이나 사물에 대한 혐오, 기피, 분노 혹은 화냄이라 할 수 있습니다. 즉 자신의 마음 속에서 일어나는 싫음에 대한 근본적인 반응으로 볼 수 있는데, 이것이 밖으로 분출되는 것이 진입니다. 치(癡)는 진실되고 참됨을 구별하지 못하고 오직 자기 마음대로 하는 걸 일컫는 말로, 밝음이 없는 '무명(無明)'이라 할 수 있습니다.

이 세 가지가 바로 번뇌의 원인이 됩니다. 이 삼독(三毒)은 우리 인간에게 야기되는 가장 기본적인 번뇌라고 할 수 있습니다. 그리고 이로 인해 파생되는 모든 번뇌를 두고 '108번뇌'라고 합니다.

그러면 어떻게 해야 이 삼독을 버릴 수 있을까요.? 날마다 나를 내려놓는 하심이 동반된 기도생활을 하는 것입니다. 무릇 우리 인간은 육근의 본능에 사로잡힐 수밖에 없는 존재라서 하루아침에 그것을 끊기는 어렵습니다. 막상 기도를 하고 참회를 할 때는 다시는 그런 삼독에 빠지지 말아야지 굳게 결심하지만 돌아서면 다시 그것들이 자신도 모르게 올라옴을 느끼게 됩니다. 그래서 매일매일 그것을 알아채고 또 내려놓는 연습을 해야 합니다. 그러한 기도생활을 반복하다 보면 내 몸과 정신에 그것이 체화되어 순간순간 일어나는 탐진치를 스스로 다스릴 수 있게 됩니다. 그때 비로소 내 안의 부처를 만나고, 궁극의 행복과 평안함을 얻을 수 있게 될 것입니다.

버림으로써 얻어지는 것

행복하게 오래 살려면
취하는 것보다 버리는 연습을
많이 해야 합니다.
취하면 취할수록
욕심은 더욱 커지기 때문에
화의 원인이 됩니다.

몸속의 나쁜 습관들이나
욕망들도 다 버리고 나면
괴로움도 그만큼
덜 얻는다는 걸 알게 됩니다.

지금부터라도 조금씩
버리는 연습을 시작하세요.

죽음이란 무엇인가요.
그대를 기억하고 있던 사람이
곁을 떠났다는 말입니다.
아니 내가 기억하고 있던 사람이
내 곁을 떠났다는 말입니다.
우리는 누구나 살면서 이런 이별을
피할 수 없습니다.
삶이 있으므로 죽음이 있습니다.
그것이 인생입니다.
행복하려면
죽음조차도 놓아버려야 합니다.

풍경. Acrylic on canvas, 91×116, 1996.

인과(因果)의 고리

인(因) 앞에는 또 다른 인이 있어
그 시작과 끝을 알 수가 없고
이로 인해 과보를 받습니다.
이게 바로 인과(因果)입니다.

사물이 생기고, 머물고 변화하고 소멸하는
성주괴공 생주이멸(成住壞空 生住異滅)을
거치는 게 또한 생입니다.
이러한 가운데서
행복한 마음을 얻기 위해선
어떻게 해야 할까요.
인과에서 벗어나야 합니다.

그대는 오늘도 그 인과의 고리를
스스로 만들고 있는 건 아닌지요.

기도의 눈물

제가 진행하는 산사순례에는 처음 불교를 접하는 분들이 많이 오십니다. 도반의 권유로 무심코 순례에 따라 오신 거지요. 그런데 이 분들이 처음 108참회문을 읊으며 기도를 하다 보면 자신도 모르게 눈물을 주르륵 흘리곤 하십니다. 자신이 과거와 현재 몸과 입, 마음으로 지은 업장(業障)에 대한 참회가 이루어지기 때문입니다.

대부분의 사람들이 자신은 살아오면서 큰 죄를 지은 일이 없다고들 말합니다. 하지만 눈으로 드러나는 죄만 죄가 아닙니다. 법을 어기고 감옥에 가는 것만 죄가 아닙니다. 다겁다생(多怯多生), 전생에 지은 죄도 업이며 현생에 지은 죄도 업입니다. 남에게 마음 속으로 욕을 하거나 남편과 자식에게 함부로 한 행동이나 불효도 죄이며, 길을 가다가 밟아 죽인 개미나 작은 벌레들도 자신이 지은 업이라 할 수 있습니다. 알고도 지은 죄, 모르고도 지은 죄, 이 모든 것이 자신이 지은 업장이라 할 수 있습니다.

그걸 모르고 살던 사람이 이를 깨우치게 되니 자신도 모르게 참회의 눈물을 흘리게 되는 것이지요. 이는 누구나 기도를 하는 사람들이 경험하는 일이기도 합니다.

우리는 이를 두고 '무의식의 감흥'이라고 합니다. 감흥을 불러일으키는 것은 본질적으로 착한 마음이 우리 몸 속에 있기 때문인데 불가(佛家)에서는 "내 안에 부처가 있기 때문이다."라고 말하기도 하고 "마음이 부처이다."라고 말하기도 합니다. 이를 두고 '즉심시불(卽心是佛)'이라고 합니다.

일반적으로 기도란, 인간보다 능력이 뛰어난 어떤 절대적인 존재에게 비는 것이라고 알고 있지요. 하지만 불교에서 말하는 기도의 의미는 사뭇 차원이 다릅니다. 부처님께 향하는 기도라기보다는 오히려 자기 자신에게 하는 기도라 할 수 있기 때문입니다. 즉, 불교에서의 기도는 자신의 내면(內面) 속에 든 부처를 찾는 일입니다.

기도생활을 시작하게 되면 한없는 하심이 일어나게 되고 이것이 마음으로 전달되어 눈시울이 붉어지게 됩니다. 이러한 과정을 거치고 또 거치고 나면 비로소 내 안의 부처를 만나게 됩니다.

마음에 묻은 때

삶은 몸과 마음이 함께
떠나는 긴 여행입니다.
몸과 마음, 이 두 관계는 나라는 존재에 있어
결코 떨어질 수 없습니다.

인간이란 존재는 유년과 청소년기를 거쳐
학교를 졸업하고 직장을 얻고
배우자를 만나 결혼을 하고
아이를 갖고 부모가 되고 마침내 늙어 병듭니다.

이 긴 여행을 떠나는 데
필요한 것이 몸일까요 마음일까요?
둘 다 입니다.
마음을 제대로 닦아야 몸도 건강해지고
몸이 건강해야 마음도 건강해집니다.

이 두 가지가 건강해지려면 어떻게 해야 할까요.
마음수행이 필요합니다.

몸만 씻지 말고
마음에 묻은 때를 씻어 내리세요.

모르는 마음

누구에게나 그리운 사람이 있듯이 저에게도 평생 잊지 못할 한 사람이 있습니다. 그분은 바로 저에게 부처님과의 인연을 맺게 해주신 은사 청담 큰스님입니다.

지금도 이른 새벽에 깨어나 예불을 드리기 위해 법당에 들어서면 어디선가 "혜자야!" 하고 부르시는 큰스님의 인자하신 목소리가 귓가에 들리는 듯합니다.

큰스님이 부처님이 가셨던 그 열반의 길에 들어선 지도 어언 44년. 강산이 네 번이나 변한다는 긴 시간이 흘렀지만 저는 단 한 번도 큰스님의 가르침을 잊어본 적이 없습니다. 그 가르침은 오직 '마음' 하나였습니다.

열네 살의 어린 나이에 출가하러 도선사에 가서 처음 큰스님을 뵈었을 때 만해도 그저 절에 계신 인자하신 어르신이라는 생각만 했습니다. 출가의 의미가 무엇인지, 성불의 의미가 무엇인지도 모른 채, 어려운 집안 살림에 입 하나 덜겠다는 막연한 생각으로 절문을 들어선 철없는 아이에 불과했습니다. 당시 큰스님은 대한불교조계종 총무원장과 종정의 위치에 계셨지만, 소탈하신 모습만 본 저로서는 스님께서 어떤 분이신지, 어떤 일을 하고 계시는지조차 전혀 몰랐습니다.

심부름을 하러 우이동 깊은 산길을 오르내리느라 숨을 헉헉대는 저를 보시고는 "힘들지?" 하고 미소를 지으며 등을 토닥여 주시던 큰스님이 그저 저에게는 속가의 친할아버지 같은 느낌이었습니다. 그때부터 큰스님은 열반하실 때까지 저에게 시봉을 맡기셨습니다.

그러던 어느 날 큰스님에게 병환이 찾아왔습니다. 하지만 스님께서는 눕지도 않으시고 그 힘든 몸으로 매일 108배를 이어나가며 몸에 찾아든 병을 오직 기도의 힘으로 이겨내고 계셨습니다. 그 모습을 저는 눈물겹게 곁에서 지켜보곤 했습니다. 사형들과 신도들도 큰스님의 법력에 적지 않게 놀랐습니다.

큰스님은 한 겨울에도 항상 맨발을 고집하셨고 방에 불을 들이는 일조차 거의 없었습니다. 젊은 시절에는 고산준령의 눈 쌓인 암자에 홀로 보름 넘게 식음을 전폐하며 가부좌로 정진하다 죽을 뻔 하신 일도 있었습니다. 큰스님께서는 수행이란 엄준한 것이며, 힘들고 고통스러운 일을 참아내는 '인욕(忍辱)'임을 몸소 보여 주신 것입니다. 그래서 지금도 큰스님을 불가에서 '인욕보살'이라고 부르는 이유입니다.

출가한 지 한참이 지난 어느 날 큰스님께서 저를 부르셨습니다.

"혜자야. 그래 지낼 만하냐? 나는 고등학교 때 길에서 갈증이 나서 물을 마시다가 어떤 스님이 '마음이 타는 것을 물로 식힐 수는 없다' 하셔서 그에 발심하여 출가를 했구나. 그래, 너는 무슨 마음으로 출가를 했느냐?"

하고 물으셨습니다.

"스님, 저는 어리고 수행이 부족해서 아직도 그 마음을 잘 모르겠습니다."

저는 적잖이 당황하여 대답했습니다. 그러자 큰스님께서는 허허허 웃으시며 이렇게 말씀하셨습니다.

"그래그래. 그 모르는 마음으로 열심히 기도하여 진정한 출가의 길을 깨달아라."

저는 그 순간 말할 수 없는 어떤 환희심이 마음 깊은 곳에서 일어남을 느낄 수 있었습니다.

'그렇구나. 모르는 그 마음을 깨닫기 위해 스님들은 오직 수행을 하시는 거구나.'

저는 그때부터 저의 '모르는 마음'을 찾기 위해 하루도 게을리 하지 않고 기도하고 정진해 왔습니다.

큰스님께서 열반하신 지도 긴 세월이 흘렀습니다. 지금 생각하면 저는 그 '모르는 마음'을 찾기 위해 '108산사순례기도회'를 결성하여 9년 간의 긴 대장정을 회향하고 있는지도 모르겠습니다. 큰스님이 말씀하신 그 잃어버린 마음을 찾기 위해서 말입니다. 산사순례는 제 염원을 넘어 은사 큰스님의 원(願)이었던 것 같습니다. 그래서 비가 오나 눈이오나 추우나 더우나 어려움이 있어도 참고 또 참으며 저는 오늘도 묵묵히 그 길을 가고 있습니다.

흔들리지 않는 것은 없다

산사에 바람이 몹시 붑니다.

나뭇잎이 흔들리고

목어(木魚)가 댕댕 웁니다.

마음은 더없이 고요해집니다.

이럴 때는 법당에 앉아서

묵묵히 기도를 하면

흔들리던 마음도 이내 편해집니다.

세속에는 마음을

흔드는 게 너무 많습니다.

하는 일마다 잘 되지 않고

남으로부터 쉽게 상처를 받고

때론 가슴 아픈 일들이

너무 많습니다.

그렇다고 불안해하지 마세요.

흔들리지 않는 것은

이 세상에 없습니다.

흔들리고 부딪치고 좌절하고

극복하며 사는 것이

우리들 인생입니다.

우리가 사는 세상은 불타는 집

어느 날 부유한 장자의 집에 불이 났습니다. 그런데 그 불난 집에서 장자의 자식들은 노는 데 그저 정신이 팔려 아무리 불러도 집 밖으로 나오지 않았습니다.

장자는 그대로 두면 자식들이 불에 타 죽을 지도 모른다는 생각에 평소에 자식들이 좋아하는 수레를 떠올렸습니다. 그래서 장자는 이렇게 소리쳤습니다.

"지금 밖으로 빨리 나오면 양수레, 사슴수레, 소수레를 나누어 주겠다."

장자가 수레를 나누어 준다는 소리에 자식들은 귀가 쫑긋해 불난 집에서 뛰쳐나와 겨우 목숨을 건졌습니다.

이것은 부처님께서 인도의 왕사성 영축산에서 설법하신 『법화경(法華經)』에 담긴 세상은 불난 집이라는 '삼계화택(三界火宅)'에 대한 비유입니다. 여기에서 장자는 부처님, 자식들은 바로 일체중생들을 가리킨다고 볼 수 있습니다. 말하자면 이 세상이 불난 집이라는 걸 모르고 중생들은 오직 오욕(五慾)의 즐거움에만 빠져서 헤매는 것을 보고 부처님께서 세 수레의 비유를 통해 깨달음을 얻게 한다는 이야기입니다.

우리가 사는 세상은 갈등과 번뇌, 괴로움으로 인해 늘 불타고 있는 집과 같습니다. 그런데도 사람들은 언제 죽을 지도 모르고 그저 재욕·수면욕·성욕·명예욕·식욕이라는 오욕(五慾)의 즐거움에만 빠져 있습니다.

부처님은 우리 눈이 불타고 있다고 하셨습니다. 귀와 코, 입이 불타고 육신과 마음이 불타고 있다고 하셨습니다. 이것은 안이비설신의(眼耳鼻舌身意)의 육근(六根)을 가리킵니다.

그럼, 그 불이란 과연 무얼까요? 눈으로는 모양과 색을 보면서, 귀로는 소리를 들으면서, 코로는 냄새를 맡으면서, 입으로는 맛을 느끼면서, 몸으로는 감촉을 느끼면서, 머리로는 생각을 하면서 우리 마음은 한 시도 고요하지 못하고 요동치고 있다는 것입니다. 이것이 바로 번뇌의 불길입니다.

그러면 눈과 귀, 코와 입, 몸과 생각을 없애면 불이 없어질까요? 아닙니다. 이미 우리는 내면의 세계에 불이 탈 수 있는 용광로를 만들어 놓고 심지에 불을 붙이지 않았을 뿐, 늘 불씨를 갖고 있습니다.

그래서 불을 붙여도 타지 않을 정도로 자신의 마음을 다스려야 하는데 이것을 두고 수행이라고 하는 겁니다. 대상을 보지 않는 상태에서 마음이 고요하다고 수행이 잘 되었다고 생각하면 안 됩니다. 그건 착각입니다. 보면서도 마음이 일어나지 않아야 합니다.

우리는 수행되지 않은 눈을 가지고 있기 때문에 좋은 걸 보면 좋은 대로, 싫은 걸 보면 싫은 대로 이리 휘둘리고 저리 휘둘립니다. 그러니 마음이 한시도 편할 날이 없습니다. 이것이 바로 괴로움의 원인이 됩니다.

사람들은 고통의 원인을 모르기 때문에 벗어나는 방법도 모릅니다. 그래서 부처님은 우리를 보고 언제나 불난 집 속에 갇혀 있으며 육근이 불타고 있다고 경고를 하신 것입니다. 그러므로 불난 집을 벗어나기 위해선 지금부터라도 마음 속에 든 오욕락을 모두 들어내고 마음수행을 해야 합니다. 그래야만 진정한 자신의 행복을 찾을 수 있습니다. 이것이 바로 성불입니다.

어느 여인의 출가

늦은 시간, 한 여인이 찾아온 적이 있습니다. 그 여인은 결혼도 하지 않고 홀어머니와 함께 살고 있다고 합니다. 그런데 뜻밖에도 그 여인은 유명한 시인이며 선학박사였습니다.

전라도의 어느 작고 아름다운 절에서 팔년 동안 공양주를 하면서 시를 쓰고 시인이 되고 국내 유수의 사립대에서 스님들도 받기 어려운 선학박사학위까지 받았으며, 국정교과서에도 시가 실린 유명한 시인입니다. 그 분에게 누가 될까봐 이름은 밝히지는 않겠습니다.

그 여인은 한때 출가를 결심한 적도 있다고 합니다. 그러나 홀어머니를 버리고 떠나야 한다는 생각에 차마 출가를 할 수 없었다고 합니다.

대신에 그 여인은 남도의 어느 작은 절집에서 공양주를 하며 열심히 자신의 세계를 가꾸었습니다.

불가에서 가장 큰 공덕은 공양주가 되는 것입니다. 그래서 스님으로 출가를 하면 제일 먼저 하는 게 공양주 생활입니다. 그 여인은 무려 팔년이라는 긴 세월 동안, 낮에는 공양주를 하면서 밤에는 시를 쓰고 선학공부를 하며 또 다른 자신만의 출가의 길을 걸었던 것입니다.

만약 그대가 출가를 하고 싶다면, 진정 이 길이 나의 길인가를 깊이 생각하세요.

그러고 난 뒤, 정말 이 길이 내가 가야 할 길이라고 믿는다면 그땐 조용히 집을 나와 산사를 가슴으로 껴안으세요. 그것이 가출 아닌 진정한 출가입니다.

여기, 유리컵이 하나 놓여 있습니다.

컵은 반드시 깨어지고 사라집니다.

여기, 구두와 옷이 있습니다.

구두와 옷은 낡아 반드시 사라집니다.

이렇듯 삼라만상에는

영원한 것이 하나도 없습니다.

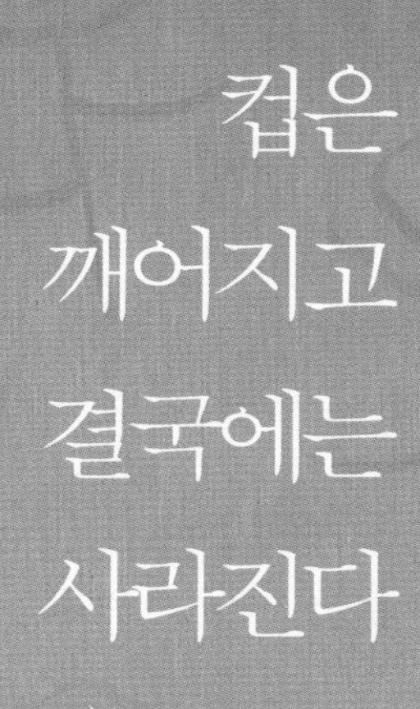

5

컵은 깨어지고 결국에는 사라진다

꽃. Acrylic on canvas, 162x112, 2000.

내 안의 부처

부처를 직접 본 일이 있습니까?
만일 부처를 본 사람이 있다면 그건 가짜 부처입니다.
결코 눈으로 부처를 볼 수도 없고
만날 수도 없으며 만질 수도 없습니다.
왜냐하면, 내 마음 속에
부처가 있기 때문입니다.
이것이 바로 '즉심시불(卽心是佛)'입니다.

이제부터 내가 보고 만난
모든 부처를 버리세요.
머릿속에 든 번뇌의 찌꺼기인
집착과 분별들을 모두 버리고
진실로 나를 만나세요.
지금 당장 당신은 부처를 만날 수 있습니다.
부처는 다름 아닌 그대이니까요.

과거, 현재, 미래의 마음

요즘 제가 거처하고 있는 도안사에서는 적지 않은 인원이 『금강경(金剛經)』과 『법화경(法華經)』 공부를 하고 있습니다. 그런데 경전을 공부하기 전에 반드시 명심해야 할 사실이 있습니다. 경전공부는 이해하기 위해 하는 게 아니라 몸과 마음으로 터득하기 위해 하는 것이라는 사실입니다. 수학의 문답처럼 답을 찾는 것이 아니라 부처님께서 말씀하시고자 하는 요지를 파악하여 내 것으로 소화하는 마음 공부라는 말입니다.

『금강경』은 부처님과 수보리가 문답식으로 설법하고 이를 통해 '공(空)의 이치'를 깨달아가는 경전입니다. 여기에서 '공(空)'이란 '없다'란 뜻이 아니라 '무상(無相)'을 뜻하는데, 즉 자신이 가지고 있는 모든 상(相)을 지워 우주의 공한 이치를 깨닫는 공부입니다.

스님들은 강원에 가서 『금강경』을 배우는데 이 '공의 이치'를 깨치기 위해 대개 6개월 간 부처님의 공(空) 사상만을 가지고 공부를 하기도 합니다. 심지어 무려 10년 동안이나 공부를 하는 스님도 있습니다. 그러니 당연히 매우 어려운 경전이지요. 이를 단순히 4개월

간 공부를 해서 터득하기란 매우 어려운 일입니다.

제가 『금강경』에 관한 재미있는 이야기를 하나 들려 드릴까요?

어떤 스님이 있었습니다. 오랫 동안 금강경을 공부하고 수행한 후 스스로 깨달음을 얻었다고 생각했습니다. 그래서 스님은 이를 점검받기 위해 이름 있는 선지식을 찾아 오백리 길을 걸어 갔습니다.

그러던 중 어느 주막집에 머물게 되었습니다. 스님의 바랑에는 『금강경』을 공부한 책자들이 가득했습니다. 그것을 보고 그 주막집 아낙네가 스님에게 물었습니다.

"스님, 그 바랑에 무엇이 들어 있습니까? 무척 무겁게 보입니다."

스님이 말을 했습니다.

"그동안 『금강경』 공부를 한다고 읽은 경전들입니다. 저는 이제야 『금강경』을 깨달아서 저 산 위에 있는 노스님을 친견하고 법거량을 하기 위해 갑니다."

법거량이란 스승이 제자의 수행 상태를 점검하기 위해 주고받는 문답이나 스님들 사이에 주고받는 선(禪)에 대한 문답을 말합니다. 주막집 아낙이 가만히 듣고서 이렇게 물었습니다.

"스님, 스님께서 『금강경』에 대해 모든 공부를 깨쳤다고 하시는데 저도 『금강경』을 공부하는데 도저히 모르는 게 있습니다."

"그래요. 물어보세요. 내 금방 가르쳐 드리겠소."

"그럼 스님, 「일체동관분(一體同觀分)」 편에서 과거심 불가득, 현재심 불가득, 미래심 불가득이라는 말이 나오는데 도대체 무슨 뜻입니까"

"과거의 마음, 현재의 마음, 미래의 마음을 얻을 수가 없다는 말입니다."

다시 아낙이 물었습니다.

"그럼, 스님 과거의 마음은 언제이고 현재의 마음은 언제이며 미래의 마음은 언제입니까?"

스님은 그 순간 한 마디도 못하고 그 길로 도로 산을 내려가고 말았습니다.

그럼, 여러분에게 묻겠습니다.

"과거, 현재, 미래의 마음은 어느 때입니까?" 답은 영원히 미제로 남겨두겠습니다.

사실, 우리들은 그 정도의 경지에 갈 필요도 없습니다. 다만 『금강경』에서 강조하는 '응무소주이생기심(應無所住而生其心)' 즉 '머무는 바 없이 행하라'와 사상(四相)인 '아상 · 인상 · 중생상 · 수자상을 버려라'라는 정도만 알고 있어도 공부를 열심히 했다고 볼 수 있습니다.

우리가 길을 가다가 걸인을 보고 그냥 측은하다는 생각을 하고 도와주어야지 저 돈을 어디에 쓸까, 왜 저렇게 살까라는 생각을 하지 말라는 말씀입니다. 즉 그러한 생각 없이 도우라는 말이 바로 '응무소주이생기심'입니다.

우리가 마음이 괴로운 건 내가 최고이고 나라는 아만심인 아상, 너와 나를 분별하는 인상, 어리석은 상인 중생상, 오래 살고 싶다는 수자상이 번뇌로 이끌기 때문입니다. 그러므로 이것을 없애는 공부가 바로 『금강경』이라는 것을 알면 됩니다.

컵은 깨어지고 결국에는 사라진다

여기,

유리컵이 하나 놓여 있습니다.

컵은 반드시 깨어지고 사라집니다.

여기 ,

구두와 옷이 있습니다.

시간이 흐르면

구두와 옷은 낡아

반드시 사라집니다.

이렇듯

삼라만상에는

영원한 것이 하나도 없습니다.

무상하고 무상하다

불교용어들은 대개 어려운 게 많은 데요. 그중에서도 가장 많이 쓰는 단어는 '무상'입니다. 사전적으로 보면 '무상'이란 생명의 덧없음이나 허망함을 일컫는 말이지만 불교에서는 이와 다른 의미를 내포하고 있습니다.

무상의 산스크리트어는 '아니트야(anitya)'입니다. '니트야' 라는 말에 부정적인 의미를 갖는 접두어 '아'가 덧붙어 이루어진 말입니다. '니트야'는 '항상 · 영원· 불변'을 의미하는 형용사입니다. 그런데 여기에 '아'가 붙어 '영원하지 않은, 일시적인' 따위의 의미를 갖습니다.

부처님의 위대한 설법인 '고집멸도(苦集滅道)'와 '삼법인(三法印)' 중 '제행무상(諸行無常)'은 '우리가 경험하는 모든 것은 영원하지 않고 변화한다' 는 의미로 해석됩니다.

다시 말해 인간은 물론, 살아 있는 모든 생물들은 시간의 흐름과 더불어 변화한다는 것으로서 변화하는 모든 현상을 초월한 영원불멸의 실체는 존재하지 않는다는 뜻입니다. 사실, 이 무상은 불교에서 말하는 진리의 출발점으로 보는 것이 타당합니다.

사람은 존재하는 사물을 고정적으로 보는 습관을 가지고 있습니다. 그런데 알고 보면 실제로 고정적인 것은 없고 또한 영원불멸한 것도 없습니다. 여기, 컵이 있습니다. 여기, 구두와 옷이 있습니다. 컵은 결국에는 깨어지고 구두와 옷은 언젠가는 닳아 사라집니다. 사람과 같이 살아 있는 모든 생물도 결국에는 사라지고 없어집니다. 젊음도 마찬가지입니다. 세월이 지나면 자연히 늙고 결국에는 죽습니다.

'제행무상'에서의 '무상'의 의미는 만물이 변화하고 있다는 사실을 있는 그대로 받아들인다는 것이지 결코 난해한 것이 아닙니다. 그럼 불교는 왜 무상을 강조하고 있는 것일까요.

목숨이 있는 것은 반드시 죽는다는 사실을 인지하고 유한한 생명에서 무한한 가치를 구하자는 뜻에서 유래하기 때문입니다. 그러므로 무상은 불교적 기본적 인생관을 가리키는 가장 깊은 뜻을 내포하고 있습니다.

인간은 절대 무상합니다. 이 무상한 짧은 생에서 욕심과 성냄, 어리석음의 삼독에 휩싸여 사는 것은 얼마나 어리석은 일인지요.

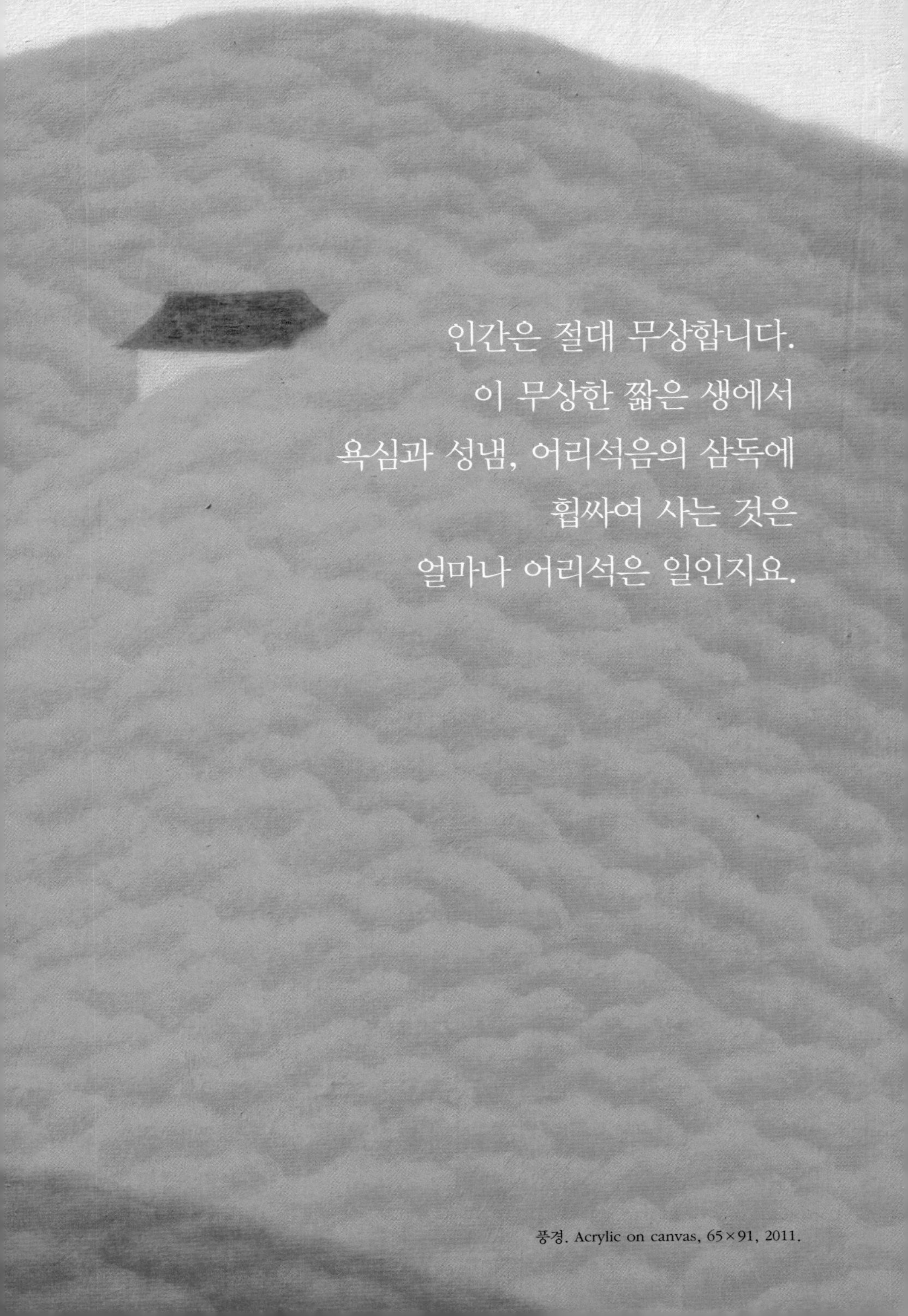

인간은 절대 무상합니다.
이 무상한 짧은 생에서
욕심과 성냄, 어리석음의 삼독에
휩싸여 사는 것은
얼마나 어리석은 일인지요.

풍경. Acrylic on canvas, 65×91, 2011.

나의 허물, 남의 허물

남의 허물은 잘 보지만,

자신의 허물은

제대로 보지 못하는 경우가 많습니다.

참 이상한 일이지요.

그대들이나 나나

좋지 않은 습(習)을 가진

중생에 지나지 않기 때문입니다.

타인의 잘못을 탓하기 이전에

먼저 점검해야 할 일은

자신의 생각이나 하고 있는 일이

정말 옳고 그른지를 잘 살피고

판단한 뒤에 조언해야 한다는 것입니다.

그래야만 서로 간에
크고 작은 마찰이 생기지 않으며
타인도 자신의 잘못을 스스로 인정하고
나의 조언을 받아들이기 때문입니다.

상대방이 조언을 받아들일
마음의 준비도 되어 있지 않은데
아무리 좋은 말이라 할지라도
무턱대고 하다 보면
마음의 상처로 남기 쉽습니다.

마음의 오염을 지우는 법

옛날에 젊은 수도자가 있었습니다. 그는 하나는 희고 다른 하나는 검은 두 개의 큰 그릇을 앞에다 두고 옆에는 개울가에서 가져 온 조약돌을 쌓아 두었습니다. 그 두 개의 그릇 중, 흰 그릇은 자신이 명상을 하는 와중에 옳은 생각을 하게 되면 한 개의 조약돌을 담을 그릇이고, 검은 그릇은 나쁜 생각을 하면 한 개의 조약돌을 담을 그릇이었습니다.

하루 종일 명상하는 동안 수많은 생각들이 그의 머릿속을 스쳐 지나갔습니다. 아름다운 여인이 생각 속을 스치면, 검은 그릇에 조약돌 하나, 길가의 아름다운 꽃을 꺾고 싶다는 생각이 들면 또 조약돌 하나를 얹었습니다.

그렇게 명상을 마치고 눈을 뜨니, 검은 그릇에는 조약돌이 수북한데 흰 그릇에는 겨우 몇 개의 조약돌만이 있을 뿐이었습니다. 깜짝 놀란 그는 이래서는 안 된다는 생각에 명상을 할 때마다 일부러 옳은 일만을 생각하도록 노력했습니다. 그러기를 반복하던 어느 날 그는 명상 속에서 문득 눈을 떴습니다. 그런데 검은 그릇에는 조약돌이 하나도 없고 흰 그릇에만 조약돌이 가득한 게 아닙니까. 그때 그는 진실로 깨달았습니다. 좋은 생각은 좋은 생각만을 이끈다는 것을요.

너나없이 바쁘고 혼탁한 세상을 살아가는 현대인들에게 명상생활은 매우 중요합니다. 자신의 마음과 영혼을 깨끗하게 하는 방법 중에 최고가 바로 명상이기 때문입니다. 명상을 하겠다는 생각을 가지는 것만으로도 인격의 절반은 성공을 하였다고 해도 과언이 아닙니다.

명상은 학생이나 어른이나 노인이나 그 누구든지 할 수 있습니다. 특히 아이를 가진 어머니라고 한다면 태교에 아주 도움이 됩니다. 그러나 아무 생각 없이 고요히 앉아만 있다고 해서 명상이 되는 건 아닙니다. 시작도 중요하지만 처음 시작할 때의 마음 그대로를 지속하는 것이 매우 중요합니다. 명상할 때는 오직 화두만을 생각해야 하는데 이때 망상으로 가득했던 모든 잡념들이 달아나게 되고 비로소 자기를 만날 수 있기 때문입니다.

불교의 이러한 명상은 간화선에서 유래 되었습니다. 간화선은 화두를 들고 수행하는 참선법으로 화(話)란 깨달음의 세계를 총체적으로 드러내는 본래의 모습이며, 간(看)은 '본다'는 뜻으로 선의 공안을 보고 열심히 공부하여 마침내 대오(大悟)에 이르는 좌선(坐禪)방법이라 할 수 있습니다.

이러한 명상법은 이른바 생사(生死)의 대사를 해탈하여 성불하기 위해 수행하는 수도승들이 하는 것이지만, 일반인들에게도 건강과 마음을 다스리는 데 매우 좋습니다.

명상에는 여러 가지 방법이 있지만 그 중에서도 근본불교의 수행법인 위파싸나를 들 수 있는데 석가모니 부처님이 견성 해탈에 이르게 했던 수행법도 바로 이 위파싸나입니다. 있는 그대로 자신을 보고 탐·진·치, 삼독(三毒)을 제거하여 궁극의 경지에 이르게 하는 수련법이라 할 수 있습니다. 그래서 부처님은 이를 두고 이렇게 말씀하셨습니다.

"마음의 오염으로 부터 자유로움을 얻는 것을 포함하여 일곱 가지 이익을 얻기 위한 유일한 길이 있다. 그것은 네 곳에 마음을 집중하는 사념처인 위파싸나이다."

물론, 부처님의 명상법이 제일 완벽한 최상의 수행법이라고 할 수 있지만 이 위파사싸나는 끝이 아니라 삼매로 나아가기 위한 한 과정이라는 점을 알아야 합니다. 말하자면 이 수행법은 최상의 법으로 나아가기 위한 하나의 준비과정에 불과하다는 겁니다.

그럼 명상의 자세에 대해 알아볼까요? 명상에 들어가기 전에는 우선 척추를 쭉 펴고 손은 양 무릎 위에, 손바닥을 뒤로 하고 엄지손가락은 중지 손가락과 가볍게 맞닿으면 되는데 이 때 옷차림은 편안한 게 좋습니다. 또한 남을 의식하지 않고 오직 스스로 명상한다는 생각까지도 지우고 해야 합니다. 그래야만 머릿속에 지나가는 수많은 세상사의 오염들을 잡아낼 수가 있습니다.

그 다음에 편하게 앉아 허리를 쭉 펴서 일자가 되게 한 후 고개를 들면 어깨가 자연스레 펴지게 되는데 그 순간 숨을 깊이 들이마십니다. 들이쉬는 숨의 폐활량을 최대로 하여 천천히 들이쉬고 숨을 멈춘 후 멈출 수 있을 때까지 멈추었다가 자연스레 내쉬면 됩니다. 또 내쉴 때와 들이쉴 때의 시간을 같이 하고 숨을 들이 쉬고 멈추는 행동을 반복해야 합니다. 이런 호흡을 열 차례에서 스무 차례 정도 하고 나면 자연히 머리에는 아무 생각이 없고 몸 역시 어디에도 힘이 들어가지 않는 편안한 상태가 되는데 그 때부터 명상에 들어가면 됩니다.

이밖에도 부처나 보살의 명호 등을 계속 일정한 운율로 외워 나가는 염불선도 좋은 명상법입니다. 또한 불상, 연꽃 등을 관상하는 관법이나 움직이면서 행하는 행선(行禪), 진언도 있습니다. 불자들이 화두를 드는 것 외에 가장 좋은 방법은 염불입니다. 행하기도 쉽고 부작용도 없어 매우 좋습니다. 어떻든 이러한 모든 명상법들은 불자라면 열심히 실천해야 합니다. 명상이 신심과 원력을 키우게 하고 또한 강인한 체력과 불퇴전의 정신력을 갖게 하기 때문입니다.

소중한 당신

내가 있기에
이 세상이 존재합니다.
그런 소중한 당신입니다.
그런데 어찌하여
그대는 자신의
몸과 마음을 함부로 하나요.

술도 끊고 담배도 끊고
욕망도 끊고
모든 집착을 버리고
참된 나를 찾으세요.

깨달음은 도처에 있다

달 밝은 밤에 고향 길을 바라보니
뜬구름만 너울너울 고향으로 돌아가네.
편지를 봉하여 구름 편에 전하려 해도
바람은 급히 돌아 허락하지 않네.

내 나라는 하늘가 북쪽에 있는데
타국 땅 서편에 있으니
일남(日南)에는 기러기마저 없으니
누가 소식 전하러 계림(鷄林)으로 날아가리.

신라의 혜초스님이 열다섯 살에 고국을 떠나 열아홉 살에 인도의 천축국을 4년 간 순례를 하면서 달 깊은 밤에 하늘을 바라보고 구름과 바람을 벗삼으며 조국인 신라에 대한 그리움을 가슴으로 담담하게 쓴 시입니다.

스님은 작열하는 태양아래, 차가운 사막에서 떠오르는 밤의 달을 보고 『왕오천축국전(往五天竺國傳)』에 이 시를 남겼던 것입니다. 누구나 그렇듯이 이국에서 살아본 사람이라면 고향과 조국은 늘 그리움으로 소금처럼 하얗게 남게 되기 마련입니다.

혜초스님 또한 그랬을 것입니다. 오랜 세월 목숨을 걸고 거친 자연과 낯선 사람들과 싸우며 나아가야 했던 고난의 길이었기에 고향 땅과 조국인 신라를 그리워하는 마음은 더욱 사무칠 수밖에 없었을 겁니다. 스님은 구법여행을 통해 1,300여 년 전 문명과 사상 종교의 경계를 뛰어넘어 아랍과 이슬람 세계를 접한 첫 해동인(海東人)이자 한국인이라 할 수 있습니다. 또한 스님이 쓴 해동의 첫 구법여행기로 알려진 『왕오천축국전』은 실로 오늘날 전 세계의 보물입니다.

스님은 무역풍이 불 때를 시점으로 해서 배를 타고 중국의 광주를 떠나 지금의 인도네시아 수마트라 섬에 도착하여 1년 동안 열대기후에 적응하면서 산스크리트어를 배우고 난 뒤 천축으로 떠났을 정도로 매우 치밀한 계획을 가지고 천축국으로 간 것으로 알려져 있습니다.

그 후 남천축을 거쳐 페르시아 · 티베트 · 호밀 · 파미르 · 소록 · 구자 · 우기 · 돈황을 거쳐 마침내 장안으로 돌아왔습니다. 여기에서 우리가 주목해야 할 사실이 있는데 당시 페르시아 지역에까지 가서 아랍과 이슬람 문화를 체험했다는 데에 있습니다. 당시의 교통수단과 환경 등을 짐작해 볼 때, 한 마디로 혜초스님의 구법순례는 죽음을 담보로 한 것이었음이 분명합니다.

저는 지난 2012년 5월 2일 혜초 스님이 걸어 가셨던 그 순례길을 따라 룸비니에서 채화한 '평화의 불'을 가지고 비행기와 버스, 배 등 문명의 힘을 빌려 돌아왔습니다. 티베트를 거쳐 해발 5천여 미터의 산들이 즐비한 파미르 공원을 지날 때는 고산병으로 몸이 많이 불편했습니다. 코피가 쏟아졌으며 몸은 지칠대로 지쳐 열차 안에서 링거를 맞기도 하였습니다.

하물며 교통수단도 없이 걸망을 메고 오직 두 발로 그 먼 길을 다녀왔던 혜초스님을 비롯한 옛 구법선사들의 고행이야 이루 말로 다 할 수 있었을까요.

수행은 절간의 참선에만 있는 게 아니라 성지 순례를 다니면서 만행(萬行)을 통해 깨달음을 구하는 도처에 있다는 것을 깨닫게 됩니다.

꽃의 세계

꽃은 피고 질 때를 스스로 알고 있을까요.

다만 우리가 꽃이 피었다고 말하고
다만 우리가 꽃이 졌다고 말하고
다만 우리가 꽃이 예쁘다고 말하는 것은 아닐까요.

꽃 자체는 전혀 생각하는 바가 없습니다.
그저 사람의 눈에 그렇게 보일 뿐입니다.
사람은 한 틀에 갇혀서는
꽃의 우주를 제대로 보지 못합니다.

지금부터 마음의 문을 열어
꽃의 세계를 들여다보세요.

있는 그대로의 세상

"보이는 만물은 관음(觀音)이요, 들리는 소리는 묘음(妙音)이라. 보고 듣는 것 밖에 진리가 따로 없으니 시회대중(時會大衆)은 알겠느냐. 산은 산이요, 물은 물이로다."

'산은 산, 물은 물'이라는 성철스님의 유명한 법문입니다. 범부의 눈으로 읽고 깨닫기란 어려운 일이지만 한 생각을 놓고 보면 이해하기 쉽습니다. 있는 그대로 세상을 바라보라는 말씀이기 때문입니다.

세상을 살면서 너무 많은 생각과 근심, 고뇌에 너무 깊이 빠져 있는 건 아닌지요. 한 번쯤 모든 것을 훌훌 던져버리고 있는 그대로 세상을 바라보세요. 환하게 자신의 길이 보일 겁니다.

모든 만물의 근원은 선(善)입니다. 착함은 인간이 가진 본래면목입니다. 원래부터 산과 물, 바람, 꽃은 자신만의 소리를 가지고 있으며 그 어떠한 가식이 없고 오직 착함만이 존재합니다.

진리는 따로 있는 게 아닙니다. 산과 물이 천년을 변함없이 자신의 소리를 내듯 자신이 가진 착함의 본래면목을 알고 세상을 바라보세요. 그지없이 편안해질 겁니다. 그것이 관음이고 묘음입니다.

착함은 인간이 가진 본래면목입니다.
원래부터 산과 물, 바람, 꽃은
자신만의 소리를 가지고 있으며
그 어떠한 가식이 없고
오직 착함만이 존재합니다.

꽃. Acrylic on canvas, 130×194, 2014.

내가 머문 그 자리

극락은 죽어서 가는 곳이 아니라
지금 우리가 사는 바로 이곳입니다.

번뇌가 쌓이면 지옥이 되고 기쁨이 쌓이면 극락이 되듯
극락과 지옥을 만드는 것은 순전히 마음먹기에 달려 있습니다.

욕심을 가지거나 성을 내거나
죄를 짓고 괴로워하거나
사랑하지 않을 사람을 사랑하거나
이 모든 게 지옥의 원인이 됩니다.

이젠 그 어떤 것도 놓아버리세요.
모든 번뇌의 그릇인 내 마음을 깨끗이 씻어 버리세요.
그러면 내가 머문 그 자리가
곧 극락이 됩니다.

오늘 이 순간에 살면

불교에서는 과거와 현재, 미래라는 게 있습니다. 이를 두고 우리는 삼세(三世)라고 합니다. 우리는 과거에 매여서 현재의 나를 억압하는 일이 많습니다. 지나친 과거에 대한 집착은 오히려 현재의 나를 힘들게 하고 몸을 망치기 쉽습니다.

과거에 저지른 음주운전 사고로 마음고생이 심한 한 남자 분이 있었습니다. 자신의 잘못으로 사람이 크게 다쳤다면 당연히 정신적으로 그 후유증이 크게 남아 있을 게 분명합니다. 사고를 당한 사람이 반수불수가 되었거나 회복할 수 없는 불구의 몸으로 살아가고 있다면 그 상처는 평생 씻을 수 없을 겁니다.

하지만 과거는 떠나보내야 합니다. 어제는 과거이며 오늘 우리는 여기에 있습니다. 과거에 매여 그 상처의 기억으로부터 벗어나지 못한다면 현재의 나는 불행질 수밖에 없습니다.

과거가 아름답고 행복할 수만은 없습니다. 길가는 사람들에게 물어보면 십중팔구 자신의 과거는 불행했었다고 말할 겁니다. 이런 고민은 꼭 나만이 하는 고민이 아니라는 말입니다. 사람은 살다가 실수를 할 수도 있습니다. 중요한 건 그러한 실수를 되풀이 하지 않고 마음으로 참회하며 사는 가, 아닌가에 달려 있습니다.

부처님께서는 자신의 몸을 관찰하여 몸이 어떻게 반응하고 움직이는 가를 놓치지 않으면서 자신의 마음의 움직임을 관찰했다고 합니다.

사람이 세상에 태어나서 살아가다 보면 자신의 몸과 마음에 대하여 잘 모르기 때문에 주색에 빠져 방탕하게 살게 됩니다. 또한 남에게 피해를 주면서도 자신은 항상 떳떳하다고 생각합니다. 그가 음주운전을 하여 사고를 일으킨 것도 자신의 몸과 마음을 잘 다스리지 못한 결과입니다.

부처님께서는 그래서 항상 자신의 몸과 마음을 잘 살피고 관찰하면 스스로 관리를 잘할 수 있고 또한 보람 있는 삶을 살수가 있다고 하셨습니다. 부처님 역시 자신의 몸과 마음을 다스리기 위해서 많은 노력을 하셨습니다. 이를 테면 마음관법입니다.

"지금 나는 무엇을 하고 있는가. 무슨 생각을 하고 있는가. 나는 지금 어떻게 살고 있는가. 나는 지금 주변 사람들에게 어떤 생각으로 그들을 대하고 있는가? 나는 내가 원하는 것을 하고 있는가. 그리고 어떻게 성취를 했는가. 다시는 잘못되고 슬픈 생각에 나의 몸과 마음을 맡길 수 없다."

부처님은 흘러간 수많은 일들에 대하여 이렇게 차근차근히 생각을 정리하여 잘못된 것은 개선하고 잊어야 할 것은 몸과 마음 속에서 과감하게 버리셨습니다. 그리고 마침내 깨달았습니다.

'과거는 이미 흘러갔고, 미래는 아직 오지 않았으며, 지금 이 순간의 중요성을 깊이 명심하라. 지금 이 순간이 모여서 내일이 되고 미래가 된다.'

부처님께서는 그 순간부터 행복한 몸과 마음을 가질 수가 있었다고 합니다.

과거보다 더 중요한 것은 오늘 이 순간입니다. 자신의 몸과 마음을 잘 다스려 과거를 참회하며 열심히 사는 게 음주 운전의 피해자에게 보상하는 길은 아닐까요.

마음에 낀 때

세상에는 먼지와 쓰레기가
참으로 많습니다.
이보다 더욱 더러운 것은
마음에 낀 때입니다.

집착으로 인해
판단력을 흐리게 하고
욕망으로 인해 제가 가야 할 길을
제대로 찾지 못합니다.

오욕(五慾)의 문

부처님이 사밧티의 기원정사에 아난다와 함께 있을 때였습니다. 한 비구니가 아난다를 찾아와서 이렇게 간청을 했습니다.

"지금 어떤 비구니가 병이 들어 앓고 있습니다. 그 비구니는 아난존자에게 공양을 올리고 설법을 듣고자 하오니 부디 한번 찾아 오셔서 설법을 전해 주십시오."

아난존자는 다음날 발우를 들고 그 비구니가 있는 거처를 찾아갔습니다. 그 비구니는 멀리서 아난존자가 걸어오는 것을 보자 일부러 앞가슴을 풀어헤치고 알몸을 드러낸 채 방바닥에 누워 있었습니다.

사실 그 비구니의 병은 아난존자를 연모해서 생긴 상사병이었습니다. 이를 눈치 챈 아난존자는 얼른 자신의 몸에 든 감관(感官)의 문을 닫고 그 비구니에게 더 이상 다가가지 않았습니다. 그 사실을 스스로 알아 챈 비구니는 무안해 다시 방바닥에서 일어나 옷매무새를 고치고 아난존자 앞으로 다가가 무릎을 꿇었습니다. 그제야 아난존자는 그녀를 가엾게 여겨 설법을 시작했습니다.

“그대여 이 몸은 세상에 나서 음식과 교만으로 자라났으며, 탐욕과 음욕으로 자라난 것입니다. 그러므로 부처님의 제자들은 몸을 보존하기 위해 음식을 먹고 목마른 병을 고치기 위해 항상 깨끗한 범행(梵行)을 닦아야 합니다. 이것은 마치 수레를 끄는 상인이 오직 길을 가기 위해 바퀴에 기름칠을 하는 것처럼 말입니다. 그러므로 모든 일에는 그 분수를 헤아려 스스로 집착과 애착을 없애야만 합니다. 또한 마음에 교만과 애욕과 탐욕이 일어날 때는 스스로 모든 번뇌가 다하여 해탈을 했다고 생각을 해야 하며 이제는 다시 윤회의 삶을 살지 않아야 합니다. 그럼에도 불구하고 왜 나는 아직 여기서 벗어나지 못하는가를 자성(自省)해야만 합니다. 만약 그대가 이렇게 생각을 한다면 마음의 병에서 벗어나 마침내 식욕과 교만과 탐애와 음욕에서 벗어날 수 있을 것입니다.”

아난존자의 설법을 들은 비구니는 깊게 참회를 했습니다.

“저는 어리석고 착하지 못해 아난존자에게 큰 잘못을 저질렀습니다. 이제 아난존자님 앞에서 모든 것을 고백하고 참회를 하오니 부디 저를 가엾게 여겨 주소서.”

『잡아함경』의 『비구니경』에 있는 이야기입니다.

사실 남녀의 사랑은 저지할 수 없는 인간의 본능입니다. 누구도 이 본능으로부터 자유로울 수 없으며 또한 거역할 수도 없습니다. 동서고금 많은 선인들이 이 사랑을 논해 왔지만 그것은 한낱 개인적인 견해일 뿐 그 누구도 이를 한 마디로 정의할 수 없습니다. 우리는 아난존자의 행동에서 하나의 사실을 주목해야 합니다. 그것은 감관의 문이라는 겁니다. 인간에게는 오욕(五慾)의 문이 있습니다. 이중에서도 가장 강한 것이 바로 감관의 문 앞에 놓인 음욕(淫慾)입니다.

아난존자는 용모가 준수하고 매우 다정다감한 성격의 소유자여서 많은 여자들이 그에게 사랑을 느껴 유혹의 손길을 내밀곤 했습니다. 그 중에서 가장 유명한 사건은 주술사의 딸 마퉁가의 유혹이었는데 그녀는 아난다를 연모하다가 비구니가 된 여인입니다. 이 경전에서 나오는 마퉁가가 그 비구니인지는 알 수 없습니다. 그러나 아난존자가 알몸으로 유혹하는 여인을 꾸짖기는커녕 오히려 점잖게 타일러 설득하는 것을 유심히 보아야 합니다. 여기서 우리는 간과할 수 없는 하나의 이치를 발견할 수 있습니다.

사실 부처님은 남녀의 애욕을 끊으라고 한 것이 아니라는 점입니다. "사랑하는 사람도 만나지 말고 미워하는 사람도 만나지 말라."고 하신 말씀의 이면에는 '헌신적인 사랑을 할 수 없다면 사랑을 하지 말라.'는 깊은 뜻이 담겨 있기 때문입니다. 그럼 부처님이 말씀하시는 진실한 사랑이란 무엇일까요? 그것은 '증오와 미움'이 섞이지 않은 진실로 참된 사랑을 뜻합니다. 그러므로 참된 사랑은 어떤 대가를 요구하지 않는 사랑입니다.

선근(善根)을 심는 법

불교는 마음을 다스리는 종교입니다. 대승불교의 최상의 경전인 『법화경(法華經)』의 「여래의 수명」 편에 보면 진리의 절대적인 측면에 대한 내용이 자세하게 설해져 있습니다.

"모든 천신과 사람들, 아수라들은 여래가 석가족의 궁전에서 나와 멀지 않은 도량에서 6년이란 고행 끝에 최상의 깨달음을 얻었다고 하지만 비유컨대, 참으로 내가 성불을 이룬 것은 한량없고 그지없는 백 천만 억겁 나유타겁(셀 수 없는 시간) 이전이다."

부처님은 이미 숫자로도 알 수 없고 생각으로 미칠 수 없는 세계 이전에 성불을 하셨으며 그 인연으로 인해 또 다시 최상의 깨달음을 얻었다고 말씀하시고 있습니다. 우리는 이 경전에서 결코 간과해서는 안 될 하나의 큰 진리를 발견할 수 있습니다. 부처님의 존재는 생사를 뛰어넘어 과거와 현재, 미래에도 항상 머물러 계신다는 사실입니다.

"여래는 여래가 해야 할 일을 잠시도 쉬지 않았다. 성불을 한 지도 헤아릴 수 없이 오래 되었으며 수명은 한량없는 아승기겁 동안에 머물러 멸하지 않는다. 다만, 여래가 열반을 하지 않고 산다면 박덕한 사람들이 선근(善根)을 심지 않아 가난하고 미천하여 오욕(五慾)락을 탐하고 허황한 소견에 빠질 것이다. 그러므로 박덕한 사람들은 한량없는 백 천만 억겁이 지나도 여래를 보기도 하고 혹 보지 못하기도 한다."

부처님은 비록 열반하셨으나 이는 생사의 어리석음을 가르쳐 주기 위한 하나의 방편에 지나지 않는다는 말씀입니다. 만약, 부처님이 열반을 하지 않고 살아계신다면, 생사를 모르는 박덕한 사람들은 선근(善根)을 심기는커녕, 오직 자신만의 부귀영화를 위해 온갖 나쁜 짓을 하게 되고 마침내는 여래의 진리조차 제대로 보지 못한다는 사실을 강조하신 겁니다.

그러면 누가 이 여래의 진리를 제대로 보고 그 지혜를 얻을 수 있을까요? 바로 남을 돕고 남을 위해 희생하는 삶, 항상 선근을 심는 사람만이 그 여래의 지혜를 얻을 수 있습니다.

참으로 깊고 아득한 진리의 말씀입니다. 부처님은 끝으로 이 장에서 이렇게 말씀하셨습니다.

"여래를 만나기란 매우 어려운 일이다. 중생들이 이런 말을 들으면 사모하는 마음들을 품어 여래를 갈망하고 선근을 심게 되므로 실제로는 열반하는 것이 아니지만 열반한다고 말한다. 모든 여래의 법도 모두 이와 같아서 중생을 제도하기 위한 것이므로 진실하여 허황하지 않다.”

부처님이 말씀하셨듯이 착한 마음이 준비되어 있지 않은 사람은 결코 여래를 만날 수 없습니다. 하지만 누구든지 끊임없이 신심을 내고 선근을 심는다면 반드시 여래를 만날 수가 있다는 겁니다. 그러므로 남을 돕고 포용하는 보살의 삶을 산다면 누구나 부처가 되고 불보살이 될 수 있습니다. 이것이 바로 『법화경』의 위대한 진리입니다.

불교는 치유의 힘을 스스로 가지고 있습니다. 병든 몸과 마음을 치유하는 게 오늘날 중생들의 꿈입니다. 병은 의사에게 치료하면 낫지만 병든 마음은 약으로 듣지 않습니다. 오직 남을 위하는 선한 마음을 가지고 참회로써 선근(善根)을 실천하여야만 합니다.

모든 것은 변한다

늘, 하루가 평안한 듯하지만
짧은 시간만 지나도
하늘의 구름과 별과
꽃과 바람과 나무,
모든 것이 변합니다.
전파의 힘으로 소식을 듣고
텔레비전을 보듯
우리는 순간 속에서 삽니다.
이것이 우리가 살고 있는
삶의 현실입니다.

참으로 놀랍고 놀랍습니다.
우리는 그저 이 삼라만상 속에
한낱 미약한 존재에
지나지 않음을 느낄 수밖에 없습니다.

설령, 육신이 사라진다 해도

여전히 허공계는 흘러감을 알아야 합니다.

내 몸과 우주는 둘이 아닌 하나입니다.

이것이 바로 자각하는 삶입니다.

마음을 고요히 하면

삼세제불이 미소합니다.

마음을 고요히 하면

즐거움이 가득합니다.

날마다 밥그릇을 비우듯이

마음을 비우세요.

그래야 복이 가득히 채워집니다.

6

부자가 되는 마음

가족(부분). Acrylic on canvas, 130×162, 2000.

돈이라는 놈

지구상엔 정말 많은 종교가 있습니다.
사람들은 왜 종교를 믿고 있는 걸까요?
마음의 평안과 행복을 얻기 위해서일 겁니다.

그런데 사람들은 종교보다도
돈에 대한 집착을 더 많이 하고
돈 앞에서는 그 어떤 종교도 무력해집니다.

이 놈은 가지면 가질수록 더 많이 가지고 싶어 하고
이 놈만 가지고 있으면 모든 이를 죽였다 살렸다가 하고
이 놈만 가지고 있으면 사람들로부터 존경을 받습니다.
이 놈 때문에 부모 자식 간에 원수가 되기도 하고
이 놈만 가지고 있으면 심지어 박사가 되기도 합니다.

그런데 돈이 할 수 없는 게 있습니다.

무엇일까요? 건강입니다.

사람이 돈이 많으면 하고 싶은 일이 많아집니다.

우리 몸은 끊임없이 쾌락을 추구하기 때문에

돈이 많으면 자신도 모르게 쾌락을 좇기 마련입니다.

그렇기 때문에 결국 몸과 건강이 나빠지게 됩니다.

이젠 물질의 집착에서 벗어나세요.

그래야 오래 살 수 있습니다.

살기 위해 왔으니 한 세상 오래 살아야지요.

부자가 되는 마음

『백유경(百喻經)』에는 다음과 같은 부처님의 비유가 있습니다.

"한 상인이 남에게 돈 반 푼을 빌렸는데 오랫동안 갚지를 못 하였습니다. 그는 고민을 하다가 단돈 반 푼의 빚을 갚기 위해 먼 길을 떠났습니다. 그가 가는 앞길에는 큰 강이 흐르고 있었습니다. 강을 건너 빚을 갚으려고 하였으나 뱃삯으로 두 냥을 주어야만 건널 수 있었습니다. 그마저도 사람을 만나지 못하고 돌아와야만 했습니다. 강을 건너기 위해 쓴 두 냥과 돌아오기 위해 쓴 두 냥 등, 반 푼의 돈을 갚기 위해 네 냥의 돈을 쓰고 말았습니다. 이 이야기를 들은 마을 사람들은 그를 어리석다고 놀렸습니다."

사람이 세상을 살면서 반드시 지켜야 할 두 가지의 신의가 있습니다. 하나는 약속이고 또 하나는 신용입니다. 이 두 가지는 사실 부자가 되기 위한 필수 조건이기도 합니다. 이 두 가지를 대수롭지 않게 생각해서는 결코 남보다 훌륭한 사람이 될 수 없으며 또한 성공할 수도 없습니다.

경전『백유경』속에 담겨진 이야기 또한 신의와 신용이 왜 중요한 것인지를 깨우쳐 주는 일화입니다. 비록 적은 돈일지라도 신의를 잃지 않으려면 많은 손해를 감수하더라도 갚아야 합니다. 반 푼의 돈을 갚기 위해 네 냥의 돈을 쓰는 것은 신의와 믿음을 얻고자 하는 마음입니다. 남이 보기에 어리석다 할지라도 그들은 더 큰 것을 보지 못하는 소인배들일 뿐입니다. 만일 돈을 꾸어 준 사람이 이 같은 사실을 알게 된다면, 두 사람의 신의는 더욱 굳어지게 되기 때문입니다.

세상을 살아가는 이치도 이와 같습니다. 작은 명예와 이익을 구하기 위해 더 큰 손실을 보는 사람이 많습니다. 자신만을 생각하여 인간적인 신의를 저버리는 건 도리가 아닙니다. 우리는 지은 업(業)대로 받습니다. 신의를 지키고 정직하게 살면 반드시 그 보답을 받습니다.

사실 부자가 되는 길은 간단합니다. 정직한 마음, 신의를 지키는 마음, 남에게 해를 끼치지 않는 마음, 어리석음을 구하지 않는 마음입니다. 이것이 부자가 되는 가장 쉬운 방법입니다.

탐진치 삼독을 없애세요

욕심을 많이 가지면
욕망의 씨앗이 자라나
만족을 모르게 되고

화를 내면 내 몸 속에
분노의 씨앗이 자라서
몸과 마음을 병들게 하고

어리석은 생각을 하면 내 몸 속에
번뇌의 씨앗이 자라서
괴롭힘을 당합니다.

몸에 이러한 삼독(三毒)이 퍼지면
장기와 뇌가 망가지고
세상과의 인연이 마침내 끊어집니다.

중도(中道)와 하심(下心)

살다보면 기분이 좋을 때와 나쁠 때가 있는 것처럼 행복과 불행도 교차할 때가 많습니다. 그런데 대부분의 사람들이 행복했던 순간은 빨리 잊어버리고 불행했던 순간들은 더 오래 간직하곤 합니다. 이는 사람이 가지고 있는 잠재의식 때문이라고 합니다. 하지만 우리는 의식적으로라도 힘들고 불행했던 기억들을 빨리 지워버려야 합니다. 안 좋은 순간들만을 자꾸 생각하다 보면 정말 나쁜 기운에 휩싸이기 때문입니다.

우리가 행복해지기 위해서는 좋은 생각, 좋은 마음, 좋은 기운들을 더 많이 간직하고 유지해야 합니다. 그러기 위해서 필요한 것이 바로 종교생활입니다. 끊임없이 자신을 돌아보고 기도하는 생활은 우리의 마음을 안정시켜 주고 좋은 기운으로 가득 차게 하기 때문입니다.

저는 108산사순례 회원들로부터 갖은 사연이 담긴 편지를 자주 받습니다. 개중에는 열심히 기도를 한 덕분으로 자녀가 좋은 대학에

합격을 했다든가, 아팠던 몸이 나았다든가, 속 썩이던 일들이 잘 풀렸다든가 하는 가피(加被)에 대한 내용들이 많습니다. 하지만 그 많은 사연들 중에서도 특히 저를 기쁘게 하는 일은 산사순례에 동행해 열심히 기도를 하다 보니 이웃과 가족들을 이해하고 배려할 수 있게 되었다는 사연을 받을 때입니다.

남을 이해하고 배려한다는 말은 곧 자기 자신에 대한 긍정입니다. 자기를 긍정한다는 건 곧 행복의 지름길을 안다는 말입니다. 이는 마음이 변화되었다는 뜻이죠. 바른 종교생활은 바로 이러한 마음의 작은 변화에서부터 시작됩니다.

한 신도님은 매사에 짜증을 자주 내었다고 합니다. 공부를 게을리 하는 아들에게 막무가내로 야단을 치거나 저녁 늦게 술을 먹고 들어오는 남편에게 화를 내거나 남과 비교를 하면서 자신의 신세를 한탄하는 게 다반사였다고 합니다. 그러다 보니 자신도 모르게 몸과 마음이 한없이 지쳐 있었다고 합니다.

그런데 산사순례를 통해 열심히 기도생활을 하면서 공부 못하는 아들에게서는 다른 장점들이 눈에 보이기 시작하고, 술을 좋아하는 남편에게는 오죽하면 저럴까 하는 미안한 마음이 생기게 되고, 생활이 힘든 것도 열심히 하다보면 잘 되겠지 하는 마음의 여유가 생기기 시작했다고 합니다. 무엇보다 나아진 건 가족 간에 끊겨 있었던 대화가 많아져서 자연스럽게 집안이 화목해졌다는 겁니다.

어찌 보면 산사순례는 자신의 미래를 위한 삶의 여행이라 할 수 있습니다. 가피를 얻기 위해서 무작정 발복 기도만 하려고 하는 건 잘못된 생각입니다. 가피도 자신이 가진 탐진치(탐욕, 화냄, 어리석음) 삼독을 버려야만 받을 수 있습니다.

열심히 기도도 하고 남을 위해 좋은 일도 하고 보시도 하다보면 자연스럽게 받게 되는 게 바로 가피입니다. 이는 부처님이 해주시는 것이 아니라 스스로가 변화되어 그러한 복을 불러오는 것입니다. 기도는 여기저기에 휩쓸리지 않는 중도(中道)와 나를 낮추는 하심(下心)을 배우는 길이기 때문입니다.

매일 밤, 오늘 하루를 돌아보며 기도하세요. 그런 하루하루가 쌓여 자신의 내면이 변화되면 스스로 행복의 문을 열 수 있으니까요.

마음 하나에 달려 있다

이 세상의 모든 것은
마음 하나에 달려 있습니다.
마음 하나에 모든 것이 이루어지고
마음 하나에 세상이 바뀌어집니다.

성공과 실패도
행복과 불행도
기쁨도 슬픔도
오직 이 마음 하나에
달려 있습니다.

복을 부르는 화안애어

우리가 사는 세상은 나만 있는 게 아니라 더불어 살아가는 곳입니다. 그러니 남의 생각이 내 생각과 같지 않다고 화를 내서는 안 됩니다. 내가 생각하는 것이 맞을 수도 있고 아닐 수도 있습니다. 그런데도 자신의 생각만이 옳다는 아집 때문에 다툼이 일어나게 됩니다.

사람이 화를 내는 이유는 어디에 있을까요. 대개 화를 잘 내는 성향의 사람들은 고집이 세고 남의 의견을 잘 들어주지 않고 오직 자신의 견해만 옳다고 생각하는 사람들입니다. 그것은 아상(我相)에 사로잡혀 있기 때문입니다. 아상에 젖어 사는 사람은 늘 화를 잘 낼 수밖에 없습니다.

그래서 부처님께서는 "아상, 인상, 중생상, 수자상을 버려야만 최상의 깨달음을 얻는다."고 말씀하셨지요. 아상이란 내가 최고라는 아만심, 또한 나라는 생각에 사로잡혀 남을 보지 못하는 것을 말합니다. 인상(人相)은 '너는 너고 나는 나다'라는 차별심이나 분별심을 말하며, 중생상(衆生相)은 오직 자신의 생각만 옳다고 주장하는 어리석음이나 잘못된 마음을 뜻하며, 수자상(壽者相)은 오래 살고 싶은 마음을 말합니다. 이 세상이 아름답고 행복한 삶이 되려면 이러한 네 가지의 상을 버려야만 한다는 말씀이지요.

그 네 가지 중 세 가지인 아상, 인상, 중생상이 모두 더불어 사는 이치에 대한 말씀입니다.

평소에는 성실하고 참해 주위사람들에게 신뢰를 받던 사람도 자신의 마음을 제어하지 못하고 남의 잘못에 대해 크게 화를 내었다면, 그 사람은 오히려 그동안 쌓아 놓은 복을 다 까먹게 되는 것입니다.

이 모든 것이 화를 참지 못해 생기는 과오입니다. 그러므로 항상 따뜻한 미소로써 남을 배려하고 부득이 지적해야만 할 때에도 마음을 진정시켜 차근차근 하여야 합니다. 이것이 부처님께서 강조하신 화안애어(和顔愛語)입니다.

내가 생각하는 것이
맞을 수도 있고 아닐 수도 있습니다.
그런데도 자신의 생각만이
옳다는 아집 때문에
다툼이 일어나게 됩니다.

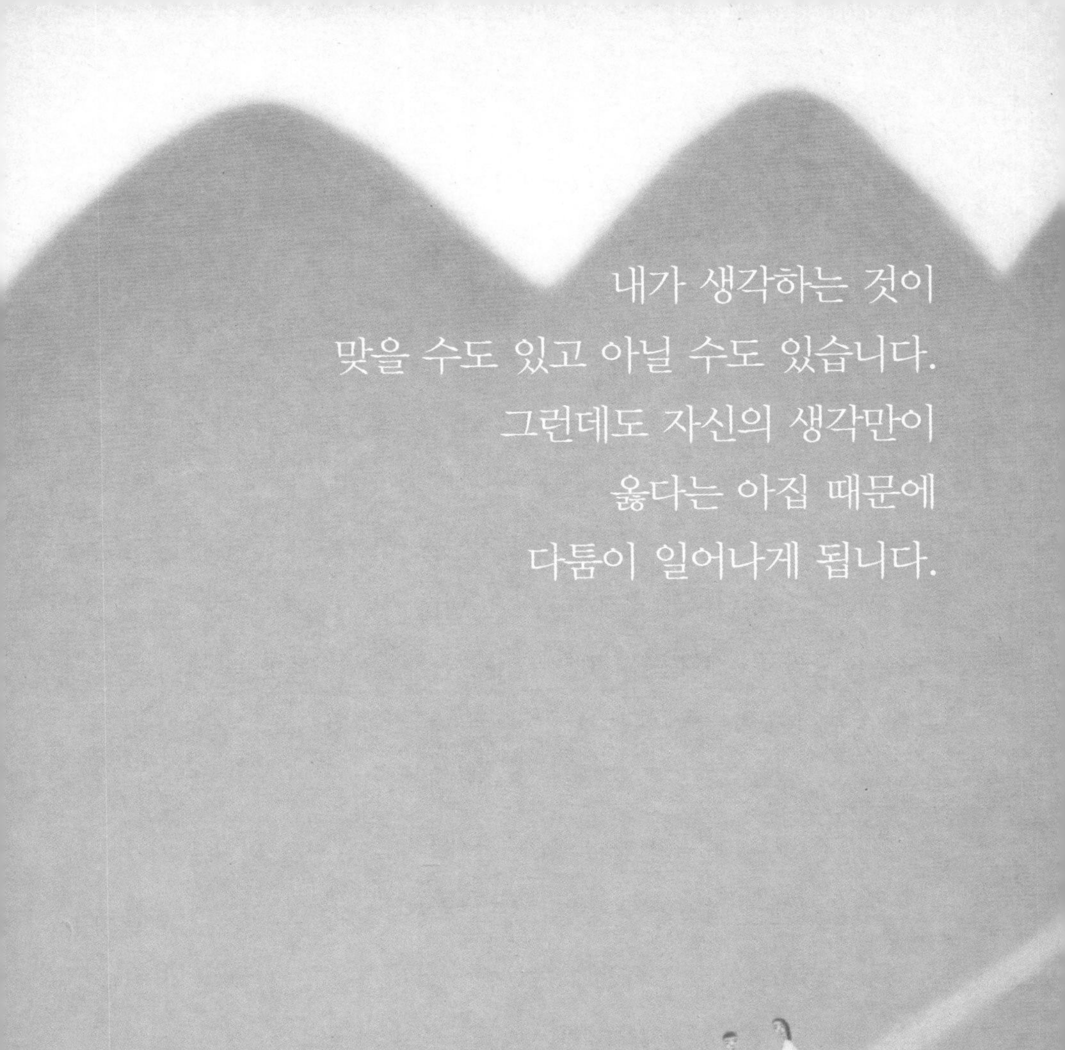

풍경. Acrylic on canvas, 162×130, 2013.

어긋남이 없는 자연처럼

산사의 수각(水閣)에는 붉은 단풍잎이 드리워지고, 감나무에 매달린 까치밥이 고즈넉한 늦가을의 풍경을 자아냅니다. 자연은 이렇듯 제 계절의 풍경들과 빛깔들을 한 치의 어긋남 없이 보여줍니다.

산사순례를 떠나 사계(四季)가 빚어내는 자연의 경이로움을 보고 느낍니다. 산사순례가 아니고서는 이토록 아름다운 봄 여름 가을 겨울의 자연의 빛깔들을 만날 수 있었을까요? 그저 감사할 따름입니다.

세월은 유수(流水)와 같이 빨라, 산사순례의 첫발을 내딛은 지가 엊그제 같은데 벌써 9년이 지나 1차 회향했으니 참으로 감회가 무량합니다. 문득 산사순례 책자에 찍힌 회원들의 붉은 낙관을 보니 지나온 순례의 추억들이 떠오릅니다.

그 중에서도 특히 기억에 남는 분이 있습니다. 정운모 법사라는 분인데, 간경화로 인해 물만 먹어도 온 몸이 부어오르고 서거나 앉아 있지도 못해 매일 누워 불면증에 시달렸습니다. 그는 '이래 죽으나 저래 죽으나 불교수행이나 몰두해 보자'는 생각으로 다니던 직장을 그만두고 오직 수행에만 매달렸습니다. 설령 죽는다고 해도 '미래생에는 도움이 되겠지'라는 생각을 하였던 것입니다. 그는 그 길로 어느 스님을 찾아가 지도를 받고 경전을 깊이 탐독하기 시작했다고 합니다.

그가 경전 공부를 하고 난 뒤 깨달은 것은 '인간은 영원한 생명체'라는 것이었습니다. 사람이 생명의 위협을 받으면 근본으로 돌아가기 쉬운 탓인지 부처님 말씀이 예전과 달리 절실하게 사무쳐왔습니다.

"그래 오늘 내일 죽어도 좋다. 다만 부처님께 가까이 가보자. 오직 나는 정진할 뿐이다."

그는 죽음에 대한 공포심을 버리고 마음을 다잡았습니다. 그 순간부터 마음이 아주 편안해졌는데 일말의 희망과 자신감을 얻은 그는 약도 끊어버리고 오직 참선과 기도에만 몰두하기 시작했습니다. 두 달이 지난 뒤 병세가 크게 호전되다가 몇 개월 뒤에는 씻은 듯이 병이 사라지고 다시 직장에도 복귀할 수 있었다고 합니다.

마침내 그는 불교 포교에 일생을 바치고자 발원하고 정년퇴직 후에는 질병에 시달리는 사람들을 지도하는 일을 하기로 마음먹었습니다. 그가 참선과 기도를 통해 깨달은 것은 부처님의 위대한 법인 삼법인(三法印)이었습니다.

"흐르는 물은 썩지 않고 살아 움직이며 변화하는 것들은 그 어떤 것이든 고정된 실체가 없음으로 '무아(無我)'인데 서로 간에 대립할 현상적 모양이 없고 상호작용함으로써 조화를 이루게 된다. 대생명의 입장에서 보면 서로가 조화를 이루고 사는 것이다. 그리고 열반적정은 안정이다. 우주의 참모습은 평온한 것이다. 아무리 파도가 요란스러워도 바다 밑은 늘 고요하듯 참모습은 언제나 여여(如如)한 것이다. 그러한 삼법인은 우리의 참모습이다. 언제나 생생하게 살아 움직이면서도 남과 조화를 이루며 사는 것이 본래의 모습이다."

그는 삼법인을 통해 대승불교가 제시한 상락아정(常樂雅正)의 당체를 볼 수 있었다고 합니다. 또한 자신에게 드리운 부정적인 현상을 포기하면 밝은 참모습이 현전(現前)하게 됨을 깨달았던 겁니다. 사람이 병을 고칠 수 있거나 성공할 수 있다는 확신을 가지고 열심히 기도를 하다 보면 반드시 이룰 수 있다는 실증을 보여준 것입니다.

이렇듯 기도란 마음먹기에 달려 있습니다. 열심히 기도생활을 실천한다면 어느 날 자신도 모르게 큰 가피를 얻게 될 것입니다.

마음을 고요히 하면

마음을 고요히 하면
번뇌가 없습니다.

마음을 고요히 하면
고통 속을 벗어날 수 있습니다.

마음을 고요히 하면
삼세제불이 미소합니다.

마음을 고요히 하면
즐거움이 가득합니다.

날마다 밥그릇을 비우듯이
마음을 비우세요.
그래야 복이 가득히 채워집니다.

갈대의 의지

요즘 신도들이 가장 많이 상담해 오는 것이 있는데 부부간의 불화나 상대방이 바람피운 이야기입니다. 사실 저 같은 수행자에게는 이러한 상담이 꽤나 불편합니다. 오죽하면 스님에게 이런 이야기를 할까 해서 그저 묵묵히 들어드릴 뿐이지요. 다만 경전의 이야기를 빌어 부부란 무엇인가, 인연이란 무엇인가 한번 생각해 볼까요?

"여기에 두 개의 갈대 다발이 있다. 그 두개의 갈대 다발이 서로 의지할 때는 서 있을 수 있지만, 한 쪽만으로는 그렇게 되지 않는다."

부처님께서는 바로 이 갈대 다발을 통해 모든 세상의 이치는 '이것이 있으므로 저것이 있다'는 연기법을 말씀하셨지요.

스님과 같은 출가자는 부처님과 결혼을 해서 평생 성직자로서 살아야 하지만, 세속의 사람들은 여자와 남자가 만나서 아이를 낳고 한평생 행복하게 가정을 이루고 살아갑니다.

어떻든 남녀가 만나서 서로 사랑하고 이해하고 사는 게 바로 결혼생활입니다. 그런 부부 사이에는 반드시 있어야 할 게 있는데 서로가 상호존재를 인정하고 신뢰하는 일입니다. 그런데 이를 인정하지 못하고 남편이나 아내가 바람을 피웠다는 사실은 한 마디로 말해 불교의 오계 중에서도 사음 죄에 해당합니다. 그러니 상대방이 화를 내는 건 어쩌면 당연한 일이지요.

세상을 살다보면 한 번쯤 잘못을 저지를 때도 있습니다. 중요한 건 자신의 잘못을 인식하느냐 모르느냐이지요. 바람을 피운 당사자가 자신의 잘못을 모르고 또 다시 그런 사음을 저지른다면, 당연히 이혼을 해야겠지요. 그런데 만약 용서를 구한다면 용서를 해주어야 한다고 생각합니다.

아까 갈대의 비유처럼 서로서로 의지하면서 사는 건 상호 존재를 인정하는 것인데 이를 인정하지 않으면 오직 갈등만 생길 뿐입니다.

만약 남편이 바람을 피우거나 아내가 바람을 피웠다면 먼저 자신의 존재를 돌아보세요. 혹시 자신이 상대방에게 잘못한 일은 없는지, 아니면 소홀히 대하거나 함부로 대하지는 않았는지.

갈등이 있을 때는 무조건 파경을 생각할 게 아니라 시간을 두고 천천히, 깊이 생각해 보세요. 그러다 보면 스스로 해답을 찾을 수 있을 겁니다. 무릇 모든 세상일이 다 그러하지요. 부부가, 가정이 화목해야 복도 찾아듭니다.

그대가 행복

그대 자신이 바로 행복입니다.

행복은 신선한 공기와 같고
푸른 하늘과 같습니다.

바랄수록 행복은 멀어지고
집착할수록 달아납니다.

행복은 찾는다고 구해지는 것이 아니라
버리면서 저절로 찾아옵니다.

행복의 기준

인간에게 행복의 기준은 여러 가지가 있을 수 있습니다. 재물을 많이 모으는 것, 건강하게 사는 것, 명예를 얻는 것 등등.

하지만 이러한 모든 것들이 행복의 근본적인 이유가 될 수는 없습니다. 어디까지나 행복의 기준은 주관적이라서 자신이 어떤 삶을 사느냐에 따라 결정되기 때문이지요.

옛날 인간들은 굶주릴 때가 많아 배만 부르면 행복했고, 비바람을 피할 수 있는 집만 있으면 행복했고, 더위와 추위를 가릴 수 있는 옷만 있으면 행복했습니다. 하지만 오늘날 우리들은 이러한 의식주만으로는 만족을 할 수 없게 되었습니다.

과연 진정한 행복은 어디에서 오는 것일까요. 우선은 자신의 욕구가 만족되어 부족함이나 불안감을 느끼지 않고 편안한 마음의 상태에서 온다고 합니다. 그래서 남보다 많은 부, 남보다 많은 명예, 남보다 많은 권력을 추구하게 되었지요. 하지만 그것들이 충족되어도 우리는 또 다른 갈증에 허덕입니다. 때문에 사람은 어떤 마음으로 세상을 살고 있으며 행복의 기준을 어디에 두는가가 매우 중요합니다.

일반적으로 사람의 마음은 선과 악을 동시에 가지고 있습니다. 그런데 악을 행하면서도 그것이 죄인지도 모르는 사람들이 많습니다. 이런 사람은 애초부터 행복이 무엇인지를 잘 모릅니다. 이들에게 꼭 필요한 건 마음의 안식입니다. 이는 종교의 본질적 목적이라고도 할 수 있습니다.

요즘, 우리사회의 가장 큰 문제는 자살입니다. 우리나라가 인구 십만 명 중 자살률이 G20 중 제일 높다고 합니다. 최근에 유명인들이 스스로 목숨을 끊는 경우가 더 많아졌습니다. 참으로 안타까운 일입니다. 부처님은 오계 중 불살생(不殺生)을 강조하셨는데 자살도 오계(五戒) 중의 불살생이라 할 수 있습니다.

현대인들은 육체적 · 정신적으로 많은 고통을 받고 있습니다. 가장 큰 원인은 어떤 욕구 불만과 초조감으로 인해 생기는 우울증 때문인데 이로 인해 많은 사람들이 스스로 목숨을 끊고 있는 겁니다. 우울증은 특히 사회적으로 소외되고 가족으로부터 소외 받는 주부들에게 많다고 합니다.

인간은 정신적인 것과 육체적인 것, 사회적인 것이 조화롭게 형성되어야만 진정한 행복을 느낄 수 있습니다. 달라이라마도 마음이 행복하지 않다면 물질과 권력과 명예는 아무런 소용이 없다고 말씀하신 적이 있습니다. 그 분이 제시한 행복을 얻는 여러 가지 방법에는 명상을 통해 평안을 얻는 방법, 배움을 통해 얻는 방법, 사람과의 관계를 통해 얻는 방법, 성지순례를 떠나거나 끊임없는 기도를 통해 자신을 발견 하는 것 등이 있습니다. 그 무엇이든 자신에게 맞는 방법을 찾아 마음을 비우고 진정한 행복을 찾아나서야만 합니다. 자신의 행복을 남에게서 찾는 것은 진정 어리석은 일입니다.

욕망은 밑 빠진 항아리

욕망은 채우면 채울수록 다 채우지 못하는 밑 빠진 항아리와 같습니다. 그럼에도 인간은 그 욕망의 그늘 아래에서 헤매다가 결국 쓰러지고 맙니다. 물론 인간에게 욕망이 없었다면 오늘날의 현대문명사회도 없었겠지요. 좀 더 편리하고자 하는 인간의 욕망이 자동차와 비행기, 컴퓨터를 만들었으니까요. 그러나 그 욕망 때문에 인간은 스스로 자멸의 길을 갈지도 모릅니다.

여기 욕망에 관한 재미있는 이야기가 있습니다.

하루는 왕이 충신인 신하에게 소원을 물었습니다.

"그대의 소원이 무엇인가."

"많은 재물을 가지는 것이 소원입니다."

"만약, 그대가 그렇다면 그 소원을 들어주겠다. 그런데 한 가지 조건이 있다. 해가 지기 전에 이 땅위에 그대가 금을 긋고 왕실로 다시 돌아온다면 그 금을 그은 만큼 재물을 줄 것이다."

신하는 왕의 이야기를 듣고 매우 기뻐하였습니다. 그는 왕실의 마당에서부터 손에 작대기를 들고 왕실 밖의 먼 성 밖에까지 금을 긋기 시작했습니다. 금을 긋기 위해 그는 잠시도 허리를 펴지 않았습니다.

그런데 욕심이 지나친 나머지 해가 지기 전까지 그는 왕실로 돌아오지 못했습니다. 당연히 왕은 그의 소원을 들어 주지 않았습니다. 그 신하는 결국 상심해서 병들어 죽고 말았다고 합니다.

사실 황당한 이야기에 지나지 않습니다. 그러나 이 이야기가 들려주는 본질은 따로 있습니다. 왕은 애초부터 헛된 신하의 욕망을 알고 있었기 때문에 그것을 꾸짖기 위한 하나의 경책을 썼던 것입니다.

인간의 욕망이란 게 이렇습니다. 아이러니컬하게도 욕망과 행복은 언제나 반비례합니다. 그리스의 철학자 소크라테스도 "나는 가장 적은 욕심을 갖고 있기 때문에 행복과 친숙해졌다."고 합니다. 또한 중국의 고전 『회남자(淮南子)』에서도 "대지의 곡식을 다 주고 강물을 다 준다 해도, 배를 채우는 것은 한 줌의 곡식이며 갈증을 달래주는 것은 한 사발의 물"이라고 했습니다.

우리에게 필요한 것은 목숨을 부지할 만큼의 재물과 몸을 누일 집 한 채뿐일지도 모릅니다. 그런데도 우리는 마시면 마실수록 더 목이 타는 바닷물을 벌컥벌컥 들이마시고 있는 것은 아닌지요.

여유 있는 하루

오늘도 눈을 뜹니다.
부리나케 양치질을 하고 세수를 하고 머리를 감고
출근길을 나섭니다. 지하철 안에서 버스 안에서
콩나물시루처럼 부대끼며 하루를 시작합니다.

힘겹게 회사에 들어서서
한 모퉁이에 비어 있는 자신의 자리에 앉아
다람쥐 쳇바퀴 돌듯 일과를 시작합니다.
일을 하기도 전에 이미 지친 자신을 봅니다.

왜 그럴까요.
시간에 쫓겨 살기 때문입니다.
마음의 여유가 없기 때문입니다.
일찍 자고 일찍 일어나
남들보다 한 30분만 빨리 일터로 나서면

생각보다 훨씬 마음의 여유를 찾을 수 있습니다.

그대는 매사에 허둥대며 사는 것은 아닌지요.
삶의 변화를 원한다면
이른 새벽 예불을 드리는 스님들처럼
조금만 일찍 하루를 시작하세요.

가난한 여인의 등불

경전에는 세상을 살아가는 지혜의 가르침이 들어 있습니다. 그 중에서도 설화비유문학의 대표적인 경전은 『현우경(賢愚經)』으로 모두 13권으로 이루어져 있습니다.

위나라의 혜각·담학·위덕 스님이 서역에 가서 삼장법사들로부터 들은 설법을 중국에 돌아와 번역해 엮은 것으로 모두 69품이며, 성현과 범부의 예를 들어 착한 일을 하고 불교와 인연 맺음을 강조하는 내용의 쉽고 흥미로운 설화가 가득합니다. 이 책은 그동안 불교의 대중화에도 큰 기여를 하였는데 특히 '가난한 여인의 등불'이라는 이야기가 많은 감동을 줍니다.

'난타'라는 매우 가난한 여인이 있었습니다. 당시 부처님께서는 기원정사에서 안거를 하고 계셨는데 국왕과 모든 백성들은 남녀노소 가릴 것 없이 누구나 부처님과 스님들에게 많은 공양을 드리고 있었습니다.

그때 난타 여인은 생각하였습니다.

'내가 전생에 무슨 죄를 많이 지었기에 이토록 가난한 집에 태어나 부처님 같은 복밭을 만나고서도 공양을 드릴 수 없는 것일까?'

그녀는 못내 괴로워하고 마음 아파하면서도 조그마한 공양이라도 드려야 되겠다는 일념으로 아침 일찍 일어나 일터에 나가 밤늦도록 부지런히 구걸을 했지만 얻어지는 건 겨우 몇 푼에 불과하였습니다. 그녀는 이렇게 간신히 모은 돈을 가지고 기름집에 갔습니다.

"제가 가진 돈이 1전밖에 없습니다."

"여인이여. 1전어치의 기름은 사봐야 쓸 데가 없는데 도대체 어디에 쓰려고 하는가."

"부처님과 제자들에게 불을 켜 공양을 하기 위해서입니다. 가진 것이 이 것뿐이니 적지만 이 것만큼만 주세요."

기름집 주인은 가난한 여인의 사정을 듣고서 가엾이 여겨 돈보다 많이 기름을 주었습니다. 그녀는 그 기름을 받아 기쁜 마음으로 등불을 하나 만들어 불을 켠 뒤, 그 등불을 부처님께 바친 뒤 서원을 세웠습니다.

'저는 지금 너무 가난하기 때문에 제가 올릴 수 있는 공양은 이 작은 등불 하나뿐입니다. 그러므로 이 등불은 전 재산을 바치는 것이며 저의 마음까지 모두 바치는 겁니다. 바라건대 이 인연공덕으로 저도 내생에 지혜광명을 얻어 일체 중생의 어두운 마음을 없애게 하

여 주십시오.'

그녀는 자신의 소원을 빌고 나서 부처님께 예배를 하고 떠났습니다. 밤이 지나고 이른 새벽이 되어 먼동이 서서히 트자 다른 등불들은 하나 둘씩 꺼지기 시작했습니다. 그러나 그녀가 켠 등불은 새벽이 가까워져도 꺼지지 않았습니다.

이날 불을 끄는 당번은 신통제일 목건련 존자였습니다. 동이 트자 그는 등불들을 하나씩 끄기 시작했는데 이상하게도 난타여인이 켜둔 등불은 아무리 끄려 해도 꺼지지 않았습니다. 이 모습을 보고 계셨던 부처님이 목건련 존자를 불러 말씀하셨습니다.

"목건련아, 지금 네가 끄려 하는 등불은 너희들이 가진 성문(聲聞)의 힘으로는 끌 수 있는 게 아니다. 네가 만약, 사해의 바닷물을 모두 가지고 오거나 크나큰 태풍이 몰아쳐 온다고 해도 여인이 켜 둔 그 불은 끌 수가 없다. 왜냐하면 그 등불을 보시한 사람은 바로 자기의 전 재산과 마음을 진실하게 바친 뒤 일체중생을 구원하겠다는 큰 서원을 세운 것이기 때문이니라."

그 후 난타 여인은 부처님께 출가를 하여 제자가 되었습니다.

진정한 선행은 물질에 있는 게 아니라 오로지 마음에 있습니다.

9년 동안 원(源)을 세우고 '108 산사순례'를

회향했습니다.

이 장에 수록된 글들은 그동안 수많은 도반들과

함께 한 산사순례의 기억들입니다.

'모르는 마음'을 찾아 떠난 그 길에서

느끼고 깨달은 미욱한 지혜를 나누고자 합니다.

7

존재를 찾아 떠나는 여행

풍경. Acrylic on canvas, 116×91, 2007.

그대가 세상을 사는 이유

사람이 존재의 가치를 잃는 것보다
더 큰 슬픔은 없습니다.
존재의 가치가 없다는 말은
삶의 목적이 없다는 말입니다.
우리는 살아 있으므로
무언가를 해야 합니다.
할 일이 없다는 것은
몸과 마음을 병들게 하고
외로움을 만드는 원인이 됩니다.
따지고 보면 모든 외로움의 원인은
자기 자신에게 있습니다.
우리가 비가 오나 눈이 오나 더우나 추우나
산사순례를 떠나는 것은
내가 살아 있음의 존재를
눈으로 확인하는 일입니다.

존재를 찾아 떠나는 여행

인생은 어차피 먼 길을 떠나는 여행과도 같습니다. 그 긴 여정 속에는 고난과 기쁨이 항상 같이 합니다. 한 달에 한 번씩 떠나는 '108산사순례'도 어쩌면 인생 순례를 떠나는 것과 같습니다. 순례중에 눈과 비, 추위와 더위를 만나듯이 수많은 역경이 항상 도사리고 있고 이를 잘 극복하는 것도 우리들 각자의 몫입니다.

회원들과 함께 순례를 다니면서 참으로 깊고 소중한 일들을 많이 체험했습니다.

한번은 순례에 대한 논문을 쓰겠다는 몇몇 불교학자들과 대학생들을 만난 적이 있었습니다. 그들은 '108산사순례'가 어떻게 진행되고 있는지 직접 눈으로 보고 체험하기 위해서 왔다고 했는데 정말 많은 것을 느꼈다고 합니다. 그 중에는 입정과 108참회기도를 할 때 함께 했다는 분도 있었습니다. 입정시간에 하는 스님의 안심법문을 듣고서는 자신도 모르게 지난 세월을 돌이켜보는 계기가 되었다는 대학생, 우리 육천여 명의 회원들이 분홍빛 순례복을 입고 부처님 전(殿)에서 고절(高絕)하게 참회의 기도를 올리는 광경을 보고 있으니 그 장엄한 모습에 그만 눈시울이 붉어졌다고 하는 교수님도 계셨습니다.

저는 그들이 하는 말이 예사롭게 들리지 않았습니다. 천수경을 하고 사경을 하고 입정시간을 가진 뒤 108참회기도와 석가모니 정근, 축원과 발원 등 일련의 법회과정들이 빈틈없이 진행되는 모습을 지켜 본 그들의 한결 같은 소감은 회원들의 기도하는 자세와 모습이 참으로 진지하다는 것이었습니다.

굳은 신심이 없이는 결코 그런 자세가 나오지 않는다는 말이었습니다. 더구나 그 많은 회원들이 일사분란하게 지극정성으로 기도하는 모습을 보니 석가모니 부처님조차 가피를 내리지 않을 수 없을 것이라는 말까지 했습니다.

사실 산사순례 기도를 이끄는 회주로서 외부에서 그런 말을 들을 때는 부끄럽기도 하고 기쁨도 함께 느낍니다. 그럴수록 부담을 적지 않게 느낍니다. 많은 인원들을 이끌다 보니 행여 순례하는 사찰에 누를 끼치지는 않는지, 순례지의 환경을 파손하지는 않았는지, 소란을 피우지는 않았는지 등 걱정이 이만저만이 아닐 때도 있습니다.

소담하고 아담한 것이 오히려 천년을 견딘다는 말이 있듯이 산사에 있는 것들은 모두 귀중한 불교 유산들입니다. 산사에는 항상 불취(佛趣)가 넘칩니다. 이런 곳에서는 항상 몸과 마음가짐을 새롭게 하지 않으면 안 됩니다.

저는 항상 회원들에게 열심히 기도를 하면 좋은 기(氣)가 몸속에 들어오기 때문에 열심히 하라고 당부를 합니다. 일상에서 자신이 가진 번뇌를 털어내는 일이란 결코 쉽지 않습니다. 특히 남편과 아이들 뒷바라지만 하던 주부들에게 산사순례는 삶의 기쁨이 되고 활력소가 되기 때문에 마음껏 기도를 하면서 자신의 스트레스를 풀라고 당부를 합니다.

경전에 보면 '깨달음을 얻은 이들은 모두 부처'라는 부처님의 말씀이 있습니다. 하지만 깨달음을 얻는다는 건 결코 쉽지 않은 일입니다. 우리는 다만 잃어버린 자기의 마음을 찾고 삶의 이유를 찾기 위해 순례를 나서고 있습니다. 부처가 되는 것은 나중의 일입니다. 아니 회원들은 어느새 자기 자신이 부처가 되어 가고 있음을 마음 속으로 느끼고 있을 것입니다.

순례를 통해 가족을 사랑하게 되고, 불우한 이웃을 돕고 또 농촌사랑을 실천하고 장병을 사랑하는 그 마음을 되찾은 사람이 바로 부처입니다. 부처는 따로 있는 게 아니라 선행을 실천하는 그대가 바로 부처입니다.

기도의 시

이른 새벽 어깨에 멘 분홍빛 배낭과 단복을 입고
산사를 찾아갑니다.

부처님 전에 공양을 올리고 두 손을 합장하고
한없는 참회의 눈물을 안으로 삼키며
저는 오늘도 지극하게 기도를 합니다.
전생과 현생에 쌓인 내 안의 업장들을 지웁니다.

간절함이 절실함으로 바뀌고
절실함이 내 마음속에 가득히 쌓입니다.
합장한 두 손이 세찬 바람에
얼어붙기도 하지만,
때론 따뜻한 바람이 머물기도 하는
이 기도의 순간만은
부처님, 나에게는 참으로 행복합니다.

지난 9년의 기나긴 세월이 흐르는 동안
한 달에 한 번씩 마음을 비우고 참회하여
스님이 주신 한 알의 염주를 안고
집으로 돌아오면 그 염주 한 알에
모든 세상의 번뇌와 티끌이
사라짐을 느낍니다.

이제 한 알 한 알 꿴 염주를
마음 속으로 굴립니다.
남편에게 아이들에게 나에게
그 한 알에 담긴
부처님의 마음을 전하고자 합니다.

그들은 틀림없이 내 마음을
알고 있을 것입니다.

나의 이 지극한 기도의 마음을
내 사랑하는 아이와 내 사랑하는 남편과
내 사랑하는 아내는 틀림없이 알고 있을 겁니다.

오랫동안 잃어버렸던 내 마음의 지극함이
내 가족을 사랑하는 마음이
이 108 염주 안에 오롯이 담겨 있음을.
부처님, 영원히 저의 곁에 자리 하소서.

너도 나도 행복한 여행

요즘 108산사순례에는 타종교를 갖고 계신 분들도 많이 오십니다. 그러다 보니 순례에 다니는 목적도 매우 다양한 것 같습니다. 물론 기도를 하시기 위해 오시는 분들이 대부분이지만 아름다운 사찰 풍경이나 문화재들을 보고 싶어 다니는 분들도 적지 않습니다. 어떻든 그들 모두가 저에게는 더할 수 없는 소중한 인연들입니다.

그 중에서도 기억나는 할머님 한 분이 계십니다. 그 분은 맞벌이 부부인 아들내외를 대신해 손자들을 키우고 계셨는데 온종일 한 시도 꼼짝달싹할 수가 없어서 '내가 이렇게 살아야 하나' 하고 짜증이 많이 났다고 합니다. 그러던 중 오랜 친구와 전화를 하다가 '108산사순례회'가 있다는 소식을 듣게 되었습니다. 가고 싶었지만 한 달에 한 번 시간을 내는 일도 할머니에게는 어려운 상황이었습니다. 하지만 친구의 당찬 말에 마음이 움직이기 시작했다고 합니다.

"참, 너도 그렇게 줏대가 없니. 늙는 것도 서러운데 그래 손자녀석들 똥오줌이나 갈려고 사나. 이젠 우리도 해야 할 일이 있어. 그까짓 한 달에 한 번 순례 가는 것도 마음대로 못 가면 그게 어디 사는 거야. 부처님 만나 기도도 하고 보시하는 것도 저애들 잘되라고 하는 거야."

정말 그랬습니다. 하나뿐인 아들을 위해 평생 매달렸다가 이제는 손자들을 돌보고 식모처럼 살고 있는 자신이 한없이 서러워졌다고 합니다. 그날 저녁 아들부부를 앉혀 놓고 말했습니다.

"얘야. 이 어미도 이젠 해야 할 일이 있다. 평생 네놈 뒷바라지만 하며 살아왔는데 이젠 나를 위해서도 살아야겠다."

직장일 때문에 아등바등 사는 것이 늘 안쓰러웠지만 맘먹은 김에 크게 심호흡을 하고 말을 했습니다.

그러자 놀란 아들내외는 눈을 크게 뜨면서 물었습니다.

"그게 뭔데요 어머니?"

"별거 아니다. 한 달에 한 번 산사순례에 가야겠다. 너도 알다시피 우리나라에 좋은 사찰이 얼마나 많니. 순례를 떠나는 불교단체가 있는데 거기를 따라가야겠다. 가족들을 위해 기도도 하고 보시도 하니 얼마나 좋은 단체냐."

그러자 아들은 껄껄 웃으면서 말했습니다.

"하하 겨우 그거에요? 어머님도 그런 일은 당연히 하셔야죠,"

그렇게 산사순례에 가입하고부터 할머님은 정말 살맛이 난다고 합니다. 도반들을 만나 사귀게 되고 기도와 보시 등 좋은 일도 많이 하게 되고, 또한 스님의 마음법문도 많이 듣게 되어 무엇보다도 몸과 마음이 한결 건강해졌다고 합니다.

아이들도 자신들을 위해 기도를 드리는 마음을 이해해 주니 정말 일거양득이라고 합니다. 그래서 늘 순례날이 기다려진다고 합니다. 지금은 아들내외도 손자들과 함께 토요일이면 시간을 내어 가끔 산사순례를 다닙니다. 그동안 아들내외는 마음의 여유가 없었는데 어머니와 함께 산사순례를 다니고부터는 생활이 한결 여유로워졌다고 합니다.

삶은 자기하기 나름입니다. 지금부터라도 종교생활을 하거나 자신만의 궁극적인 삶의 목표를 가지는 것이 매우 중요합니다. 이것이 바로 외로움으로부터 벗어나는 일이며 노후를 아름답게 사는 비결입니다.

개심사 가는 길

구비 구비 곱게 다듬어 놓은
돌계단을 따라
산이 절을 품었는지
절이 산을 품고 있는지 모를
'마음의 문을 여는 절'
개심사를 순례 갔다.

신선한 가을바람은 상왕산 나뭇가지를 흔들다가
무심코 가삿자락을 흔들다가
저 먼저 달려가서 번뇌의 티끌로
오래 닫힌 내 마음의 문을 여네.

내 언제 이토록 간절하게
기도를 한 적이 있었던가.
깊고 깊은 천년의 역사가 서린

산사의 마당에 앉아
참회의 기도를 하네.

전생에 내가 지은 죄
현생에 내가 지은 죄,
번뇌의 한 생각조차 내려놓고
한 마음으로 108참회문을 읽네.

아상, 인상, 중생상, 수자상을 버리고
오늘 나는 부처가 되네.

돌아오는 길 백제의 미소가 서린 마애석불
서쪽에 뜬 일심광명 무지개가
하루 종일 내 마음을 행복하게 했네.

산사순례를 가는 이유

한 번은 불자 한 분을 만나서 재미있는 이야기를 들었습니다. 그 불자는 사찰에서 만난 어떤 도반의 권유로 '108산사순례기도회' 회원으로 등록했는데 순례를 다닌 지가 8개월 정도밖에 되지 않는다고 했습니다. 전국에 있는 아름다운 사찰에 순례를 다니는 도반이 평소 무척 부럽기도 했지만 자신은 입시를 앞둔 아들과 중학생인 딸을 두었기에 엄두가 나지 않았다고 합니다. 그래서 순례를 가기 위해서는 대단한 결심을 해야만 했습니다.

엄마의 그늘에서만 자란 자녀들을 두고 하루종일 시간을 낸다는 것은 사실상 힘들었기 때문입니다. 한 번은 남편에게 한 달에 한 번씩 산사 순례를 가겠다고 했더니 대뜸 하는 말이 "아들이 입시를 앞두고 있는데 어디를 가려고 하느냐"며 펄쩍펄쩍 뛰어 할 수없이 등록을 미루고 있는데 이 말을 듣고 곁에 있던 도반이 묘안을 짜내었습니다.

"아들 입시를 위해 순례에 가서 부처님께 기도를 드린다고 하면 되잖아. 남편과 아들이 자신들을 위해 기도하러 순례를 간다고 하면

막무가내로 막기만 하겠어."

그날 저녁, 남편에게 도반이 시킨 대로 갖은 미소를 지으며 의사를 물었는데 불자였던 남편은 한동안 생각에 골똘히 잠기다가 하는 말이 "그러게 말이야. 좋은 대학 가는 게 운도 따라야 한다고 하는데 그럴 때는 부처님의 가피를 얻는 것도 중요하지."라고 하면서 산사순례에 다니는 것에 동의했다는 겁니다.

작년 12월 겨울, 첫 순례 가는 날 꼭두새벽에 일어나 주섬주섬 배낭을 챙기고 문을 나서는 자신을 보고 남편은 웃으면서 배웅을 해주었다고 합니다. 때마침 아들 녀석이 "엄마 어디가?" 하고 물으니 남편은 "네 엄마, 너 좋은 대학 가라고 오늘부터 한 달에 한 번씩 부처님이 계신 산사에 기도하러 가신다고 한다."고 말했다고 합니다. 추위를 견디기 위해 여러 겹의 옷을 입고 뒤뚱거리며 '나를 찾는 108참회문'을 읽고 되씹으며 기도를 하는 순간, 자신도 모르게 가슴에서 형언할 수 없는 어떤 기운이 차오르는 걸 느꼈다고 합니다. 환희심은 이루 형언할 수 없을 만큼 벅찼다는 게 그 불자의 설명이었습니다.

첫 순례를 하고 돌아오는 버스 안에서 제가 준 작은 염주 한 알을 오래도록 손 안에 들고 만지작거렸다고 합니다. 물론 다른 도반들이 그동안 꿴 염주에 비하면 겨우 한 알에 지나지 않고 시작에 불과했지만 소중한 보물처럼 여겨졌다고 합니다.

그날, 평소보다 일찍 퇴근을 했던 남편에게 스님에게 받은 거라며 염주 한 알을 보여 주었더니 하는 말이 “그래 기도는 많이 했어. 그 성과로 염주 한 알을 받아 오셨군. 참으로 귀한 것이네. 그런데 언제 108개를 다 모아 염주를 만드나. 가만히 생각해보니까 순례 가는 건 건강에도 참 좋은 것 같아. 나도 갈까? 그 먼 길을 단 하루 만에 갔다 오니 참으로 대단하네. 우리집에 대단한 보살이 나왔어.”라며 웃었다고 합니다.

참으로 이해심 깊은 남편이지 않습니까. 그 뒤로 그 보살님과 남편은 함께 108산사순례를 다니고 있습니다. 물론 남편은 잦은 출장과 업무 때문에 매번 다니지 못하지만 대신 염주 한 알을 더 받아 함께 꿰고 있어 이제 108염주를 완성하는 일만 남았다고 합니다. 이렇듯 한 알의 염주 속에는 부처님의 가피는 물론 가족의 행복과 기쁨이 가득 담겨 있습니다.

108산사순례의 길

봄이면 붉은 진달래꽃 화사하게 피고
여름이면 청아한 물소리에 귀를 씻으며
가을이면 단풍지는 소리를 듣고
겨울이면 하얀 눈꽃을 밟으며
청산(靑山)이 품고 있는 108산사 속을
우리 모두는 지극한 마음으로 순례를 하였네.

때론 비가 오고 눈이 내리고
살을 에는 추위와 세찬 바람에도 아랑곳하지 않고
오직 성불의 일념(一念)으로 걸어온
지난 9년 간의 세월.

합장한 두 손에 고드름이 얼고 사랑과 행복이 서려
장엄하여라! 서산에 뜬 일심광명 무지개.
눈부셔라! 그 108산사순례의 길.

주름은 시절 없이 하나하나 얼굴에 늘어나고
강산은 또 한 번 바뀌었으나
마음은 그지없이 행복하였네.

룸비니에서 히말라야 설산을 넘어
이운해 온 부처님의 평화불이
산사의 곳곳마다 천년 동안 타오르고
내 마음 속에도 평화의 등불이
언제나 아련하게 타오르네.
명심하겠네, 잊지 않겠네.
한 올 한 올 이어온 소중한 108산사 순례 그 억겁의 인연
그 평화의 불이 금수강산을 수놓고 있음을.

그리워라, 그리워라
아름다운 사계를 품고 있는 청산의 산사를

내 언제 다시 한 번 가볼 수 있으리.
돌아보면 108산사순례의 길이
마음 속 억겁의 행복이었고
그 길이 극락이었음을 내 이제 알겠네.

마음 안에 쌓인 티끌과 번뇌,
하나씩 하나씩 비워내고
내 이제야 성불의 길인
108염주를 모두 꿰었네.

장엄하여라! 그 길
눈부셔라! 108산사순례의 길.
나를 찾는 108산사순례.

세상에서 가장 아름다운 인연

저는 '108산사순례'에 가서 6천여 명에 이르는 우리 회원들에게 "우리 만남은 우연이 아니라 인연이다."라는 말을 자주 합니다. 그도 그럴 것이 9년 동안 단 한 번도 빠짐없이 전국의 성지를 순례하고 함께 기도를 하면서 드디어 108염주를 모두 만들었으니 이것이 보통 인연인가요.

인연을 풀이해 보면 '인'과 '연'은 '원인'과 '결과'라는 의미를 가지고 있는데, 이를 재해석하면 '유래하여 이루어지다'라는 의미입니다. 불교에서는 이를 재해석하여 '인'은 결과를 초래할 직접적인 원인으로 '연'은 '인'을 도와 결과를 빚어내는 간접원인으로 봅니다. 또 인도의 세친인 쓴『아비달마구사론(阿毘達磨俱舍論)』에 보면 만물이 발생하는 경우에 널리 원인이 되는 것을 '네 가지 연'이라고 하는데 결과를 낳는 직접적 내적 원인을 '인연'이라고 표현하고 있습니다.

오늘날 불교에서의 '인연'이란, 부처님의 십이연기와 같은 것에서 연유하여 불교용어로 굳어진 것이라 할 수 있습니다. 연기란 '이

것이 있으므로 저것이 있다'라는 뜻인데 중국의 구마라습은 특히 '인연'이란 말을 각별하게 많이 썼다고 합니다.

우리는 세상을 살아가면서 수많은 인연을 만납니다. 옷깃만 스쳐도 인연이라고 하는데 제가 108산사순례 회원들을 만난 것도 인연이요, 불법을 만난 것도 인연이며, 부부와 자식도 인연으로 인해 만난 것입니다. 부부의 인연은 오백 겁, 자식과의 인연은 백 겁이라 하니 얼마나 긴 세월 동안 서로 만나기를 고대하다가 이제야 만난 인연입니까. 그러므로 자신의 주위에 있는 친구나 가족은 물론 이웃에게도 사랑을 베풀며 살아야 합니다.

불법을 만난 것도 인연이며
부부와 자식도 인연으로 인해 만난 것입니다.
부부의 인연은 오백 겁,
자식과의 인연은 백 겁이라 하니
얼마나 긴 세월 동안 서로 만나기를 고대하다가
이제야 만난 인연입니까.

풍경. Acrylic on canvas, 53×72, 2010.

내딛는 걸음마다 보궁

인도 쿠시나가라 열반사에서 모시고 온
진리사리와 룸비니 동산에서 채화해 온
평화의 불을 가슴에 안고
부처님, 저는 오늘도 변함없이
108산사 일주문에 들어섭니다.

황금빛 일산(日傘)아래,
내딛는 걸음걸음마다
적멸보궁이며 평화의 불이
순례길을 환히 밝히니
발 딛는 곳마다
일심광명이옵니다.

가만히 눈을 감습니다.
스님의 안심법문을 들으며

그동안 모은 108염주를
한 알 한 알 마음 속으로 굴리면
슬픔도 괴로움도
모두 미소로 바뀌는 듯합니다.

돌아보면 지난 9년의 세월이
마치 하루와 같으며
그동안 꿴 염주 한 알 한 알이
마치 부처님의 진신사리 같음을
진실로 저는 느낍니다.

무릎이 차가운 바람에 시리고
합장한 두 손이 얼어붙고
때론 온몸이 땀으로 젖기도 하지만
부처님, 오늘 제가 올리는

간절한 이 참회의 사무침이
피안너머 일심광명 무지개로 떠올라
마음 속에 가득 찬 108번뇌가
오롯이 모두 소멸되는 듯합니다.

이렇듯 내 마음 속은 늘 부처님의 진신사리와
평화의 불이 호념(護念)하고 있는 듯하여
부처님, 언제나 행복하옵니다.

평화의 불

그대가
히말라야 설산(雪山)과
티베트
중국의 혜초 돈황굴
타클라마칸의 거친 사막과
황해를 건너
수천수만 리 길을
걷고 걸어서
가슴에 안고 오신
평화의 불은
부처님의 화신(化身)이며
자비(慈悲)의 불이어라.

남과 북 분단의 벽을 넘어
천년만년 환하게 비추리라.

이 시는 지금 북한산에 있는 천년 고찰 도선사 '평화의 불' 제단에 새겨져 있습니다. 이 평화의 불은 1986년 세계평화의 날을 기념하기 위해 유엔본부가 히말라야 설산에서 삼천 년 동안 불타고 있는 불씨를 채화하여 룸비니 동산에 제단을 만들어 밝힌 불입니다. 이 불은 삼십 년이 지난 지금에도 세계평화를 염원하며 현재도 유네스코 지역 안에서 조용히 타 오르고 있습니다.

당시 저는 네팔 대통령으로부터 불씨를 직접 분양받은 뒤, 히말라야 설산을 넘어 티베트와 혜초 돈황굴을 거쳐 타클라마칸의 거친 사막과 서해를 거쳐 인천항을 통해 모셔 왔습니다.

수만 리 그 힘든 길을 다녀오면서 참으로 많은 것을 느꼈습니다. 이 평화의 불이 분단의 벽을 넘어 남과 북을 환하게 영원히 밝혔으면 좋겠다는 생각을 했던 것입니다. 이 이운 과정은 정전 60주년을 앞두고 KBS 특집 다큐멘터리 '룸비니에서 DMZ까지 평화의 불을 수놓다'로 두 번이나 방영이 된 바 있습니다.

고생을 스스로 사서 한다고 혹자(或者)는 말하겠지만 설사 그 길이 고행의 길이라 할지라도 저는 혜초스님 등 우리나라 옛 선사들이 부처님의 뜻을 전하기 위해 걸었던 그 힘든 구법여행의 길을 몸소 체험하고 싶었습니다. 또한 남북긴장이 고조되고 있는 이 시점에 스님이기 이전에 국민의 한 사람으로서 뭔가를 해야 한다는 생각을 했던 것입니다.

불교는 실천의 종교입니다. 좋은 일도 생각만 있고 이를 행하지 않는다면 아무런 소용이 없습니다. 평화의 불을 모셔 오는 일은 실로 만만찮은 일이었지만, 뭔가를 해야겠다는 강한 의지가 있었기에 가능한 일이었습니다.

당시 저는 온라인을 통해 국민의 마음을 조금이나마 읽을 수 있었습니다. 어떤 분은 "스님이 이 평화의 불을 가져 오셔서 남북이 화해하는 작은 불씨가 되었으면 좋겠다."고 하셨고, 또 어떤 분은 "이 평화의 불이 히말라야 설산을 넘어 온 것인 만큼 한반도의 육로로 들어 왔으면 좋겠다."는 말씀도 있었습니다. 육로란 바로 북한을 통해 들어왔으면 하는 바람일 것입니다.

그럴지도 모릅니다. 부처님의 자비사상이 담긴 불씨를 안고 중국을 거쳐 북한 지역을 횡단하여 판문점을 통해 왔다면 그 기쁨은 실로 컸을 것입니다. 남북관계 악화 때문에 성사되지는 못했지만 북한 사람들에게도 간절히 평화를 원하는 우리 국민들의 마음이 전해졌다는 생각이 듭니다.

평화는 한 개인의 노력만으로 되는 것이 아닙니다. 그 속에는 간절하고 간곡한 진실성이 담겨 있어야만 합니다. 제가 평화의 불을 이운하기로 한 결심 속에는 국가 평화만 있는 것이 아니라 가정의 평화를 위한 마음도 있었습니다.

지금 우리 사회는 물질만능주의와 쾌락주의로 치달으며 가족은 붕괴되고 이기주의가 팽배하고 있습니다. 이러한 때 사회의 구성원이 되는 가족의 행복을 기원하는 일은 매우 중요합니다. 개개인이 마음의 평화를 이룰 때 사회와 국가 그리고 인류가 평화 속에 깃들 수 있기 때문입니다. 이것이 부처님이 우리들에게 전하는 마음 아닐까요.

평화를 위해서는 종교의 벽을 뛰어넘어 모든 종교인이 함께 염원해야 합니다. 그래서 지금은 진정한 평화를 이루기 위해 한국의 산사 곳곳에서 '평화의 불'을 분양하고 있습니다.

어머니의 소원

어느 날 한 장의 편지를 받았습니다.

"스님, 어머니께서는 108산사순례 회원이셨습니다. 어머니가 그동안 꿴 염주알은 90개인데 아직 18개를 꿰지 못했습니다. 딸로서 어머니의 염주를 완성해주고 싶습니다. 어머니는 108산사순례에 오시면 정말 지극정성으로 부처님께 공양을 올리고 가족의 건강과 행복을 기원하기 위해 열심히 기도를 하셨습니다. 안타깝게도 노환으로 인해 세상을 떠나셨지만, 어머니의 삶은 행복하셨기에 극락왕생을 하셨을 것입니다. 이제 어머니의 딸로서 남은 순례를 다녀서 108염주를 모두 완성하고 싶습니다."

108염주를 다 꿰지 못하고 돌아가신 어머니를 대신하여 그 딸이 함께 남은 108산사순례를 회향하겠다는 편지를 읽으면서 저와 회원들은 참으로 많은 감동을 받았습니다.

한 알 한 알 염주 속에는 어머니가 가족과 딸을 위하는 간절한 소원이 깃들어 있었던 것입니다. 따님이 부디 108염주를 완성하여 어머니의 진영 앞에 놓아두면 좋겠다는 생각을 합니다.

우리 108산사순례기도회는 이렇듯 마음이 따뜻한 사람들이 모여서 부처님의 법을 공부하고 실천하는 단체라고 할 수 있습니다. 그래서 비가 오나 눈이 오나 바람이 부나 지난 9년 간 한국의 곳곳에 있는 성지를 찾아다녔던 것입니다.

108염주를 단 한 마디로 압축한다면, 부처님의 사랑이 담긴 구슬이라고 말씀드릴 수 있습니다. 그 염주 한 알 한 알이 마음에 상처받은 이들이 있다면 그 상처를 아물게 해주고, 괴로운 일이 있다면 괴로움을 씻어 주고, 외로운 이가 있다면 외로움을 씻어 줄 수 있다면 저는 기꺼이 그 염주를 한 분 한 분에게 보시할 것입니다.

산사에서 보내는 편지

겨울 추위가 지나가고 따뜻한 봄 공기가 대지를 힘껏 말아올리는 삼월 아침, 산창(山窓)을 엽니다. 잔가지에 얼어붙어 있던 눈꽃들이 사르르 녹아 옥토(沃土)에 방울방울 떨어집니다. 화사한 꽃과 싱그러운 풀잎, 나뭇잎들을 키우게 하는 저 물방울들은 생명을 키우는 힘입니다.

겨울 산사는 산객(山客)이 붐비는 다른 계절과는 달리 절다운 절로 돌아오는 시기이며 고행의 계절입니다. 문(門) 없는 문인 문무관에서 한 철 치열한 안거수행을 마치고 나면, 화사한 봄은 납자(衲子)들을 포근하게 맞습니다. 그래서 봄은 산사에서 어느 계절보다도 그 의미가 각별합니다.

지난 겨울 저는 혹독한 추위와 폭설 속에서도 무사히 순례를 다녀왔습니다. 회원들은 살을 에는 추위에도 아랑곳없이 눈꽃에 잠긴 천년 고찰 속의 아름다운 전각과 탑, 단청을 보며 자신들의 마음을 닦았습니다.

세상을 살다보면 우리는 이따금 '인혹(人惑)과 물혹(物惑)'의 집착에 끌려 몸과 마음을 상하기 쉽습니다. 순례는 이러한 집착을 버리고 허약한 심신을 깨끗하게 하는 데 절대적인 효과가 있습니다. 또한 세상을 살면서 지은 업장을 지우고 세파에 시달려 잃어버린 자신의 마음을 찾아나서는 길이라 할 수 있습니다.

사람은 일생 동안 많은 인연들을 만들고 자신도 모르게 수많은 업(業)을 짓지만 자신이 지은 업에 대해 제대로 참회조차 하지 않습니다. 뒤돌아보면, 우리의 삶은 마치 시간을 여행하듯 느릿느릿 살아온 것 같지만 찰나처럼 빠르게 흘러가 버립니다. 그 순간 우리는 헛되이 보내온 세월에 대해 아쉬움과 후회에 젖곤 합니다. 그러나 이미 때는 늦습니다.

저의 은사인 청담스님은 평생 '수처작주(隨處作主)'라는 말씀을 가슴에 품고 수행하셨습니다. 어떤 대상에 대한 미련을 버리고 스스로 자신의 삶에 안주할 수 있는 자유자재한 주인으로 삶을 사는 법을 터득하라고 하셨던 겁니다. 이는 바로 자기 자신이 주인공이 되라는 말씀입니다. 미욱한 저 역시 오늘도 그 길을 찾아 한 걸음 한 걸음, 천천히 내딛습니다.

바다(부분). Acrylic on canvas, 53×72, 2008.